科《か》学《がく》探《たん》偵《てい》 謎《なぞ》野《の》真《しん》実《じつ》 シリーズ1

科学探偵vs.学校の七不思議

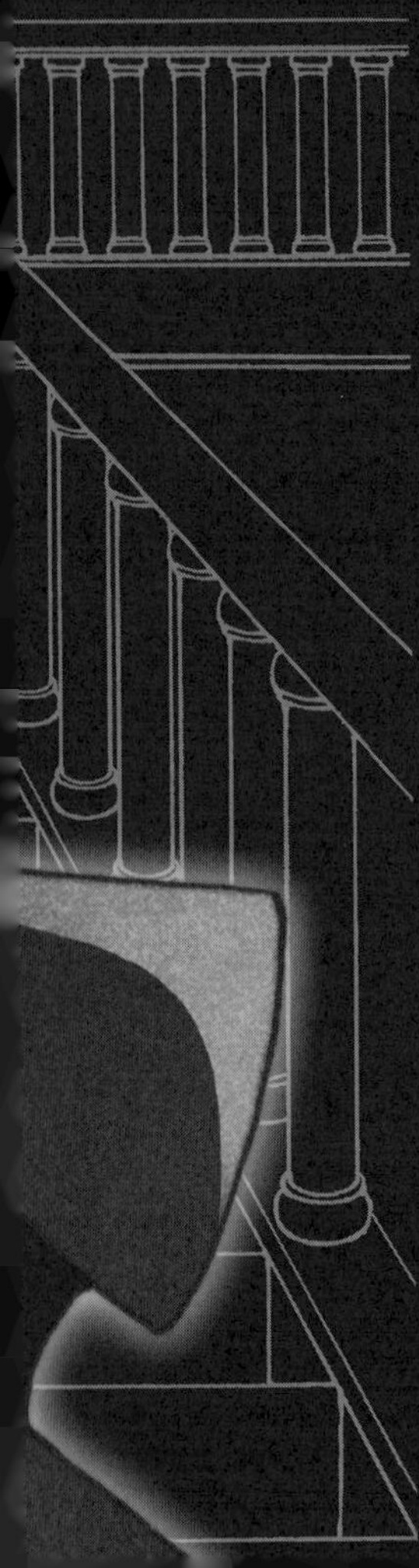

もくじ

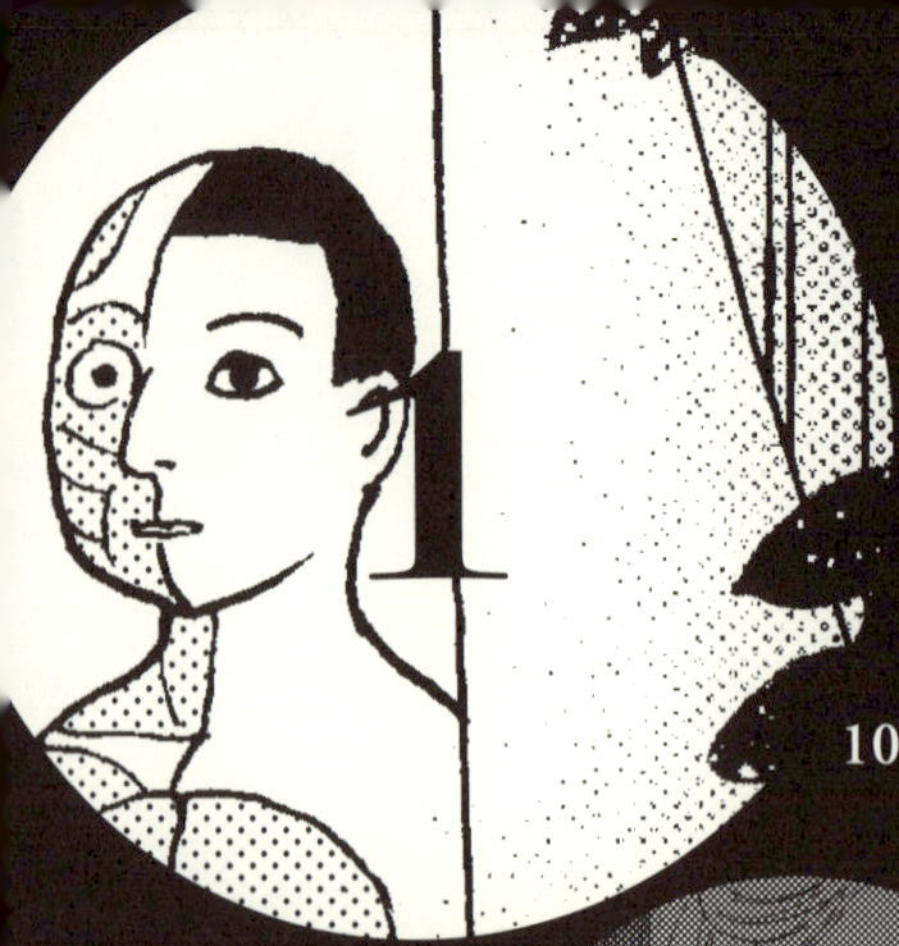

この本《ほん》の楽《たの》しみ方《かた》

この本《ほん》のお話《はなし》は、事件編《じけんへん》と解決編《かいけつへん》に分《わ》かれています。登場人物《とうじょうじんぶつ》と一緒《いっしょ》にナゾ解《と》きをして、事件《じけん》の真相《しんそう》を解明《かいめい》してください。ヒントはすべて、文章《ぶんしょう》と絵《え》の中《なか》にあります。

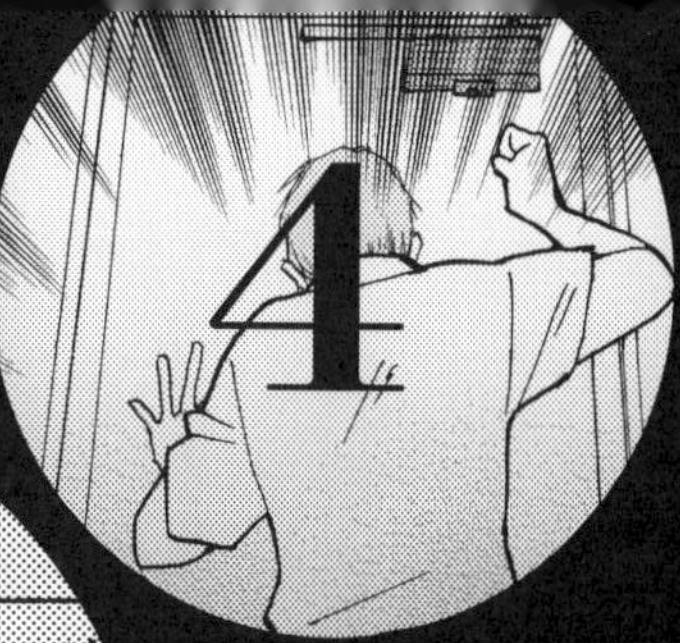
4

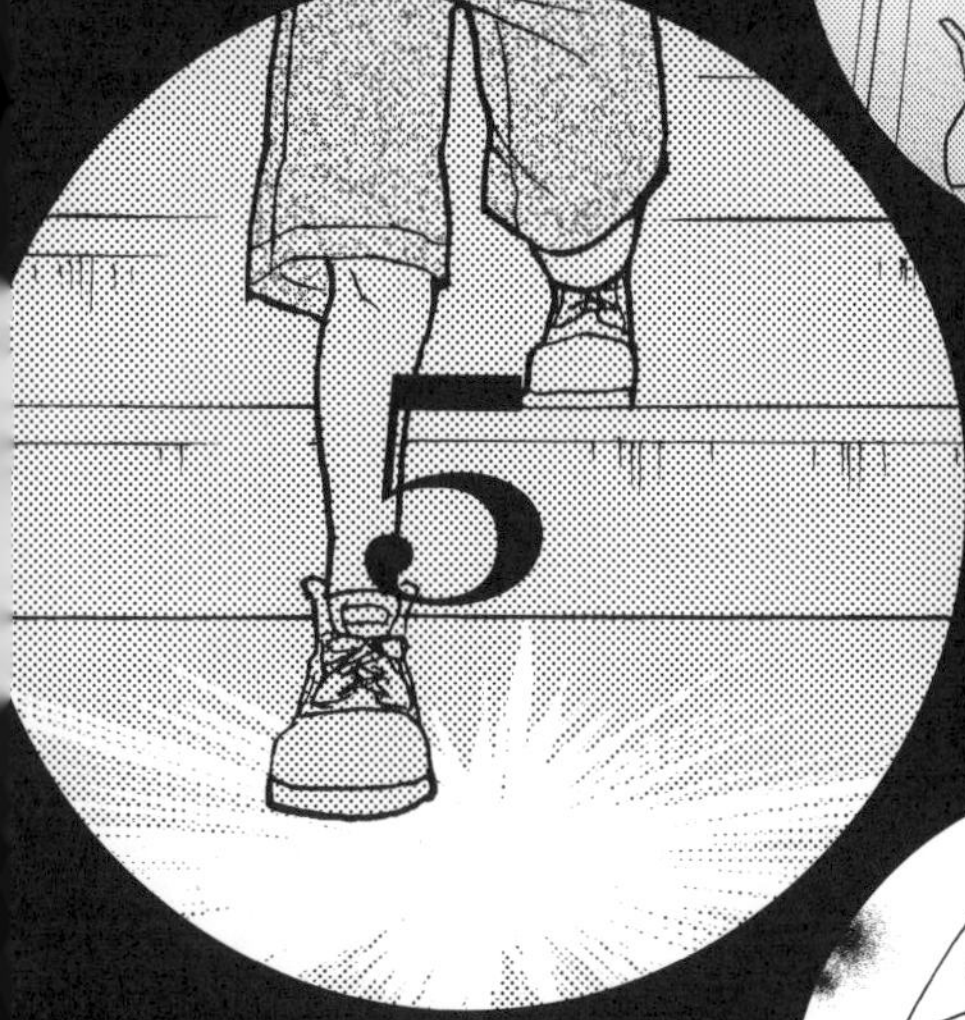
5

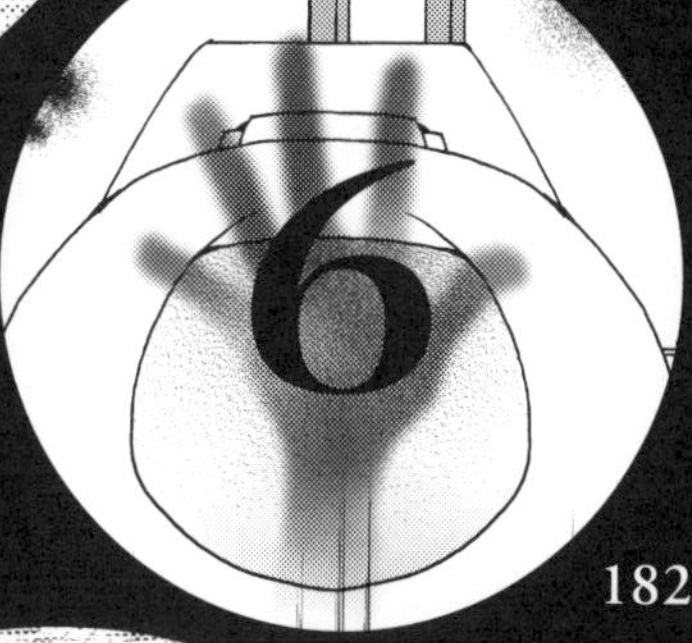
6

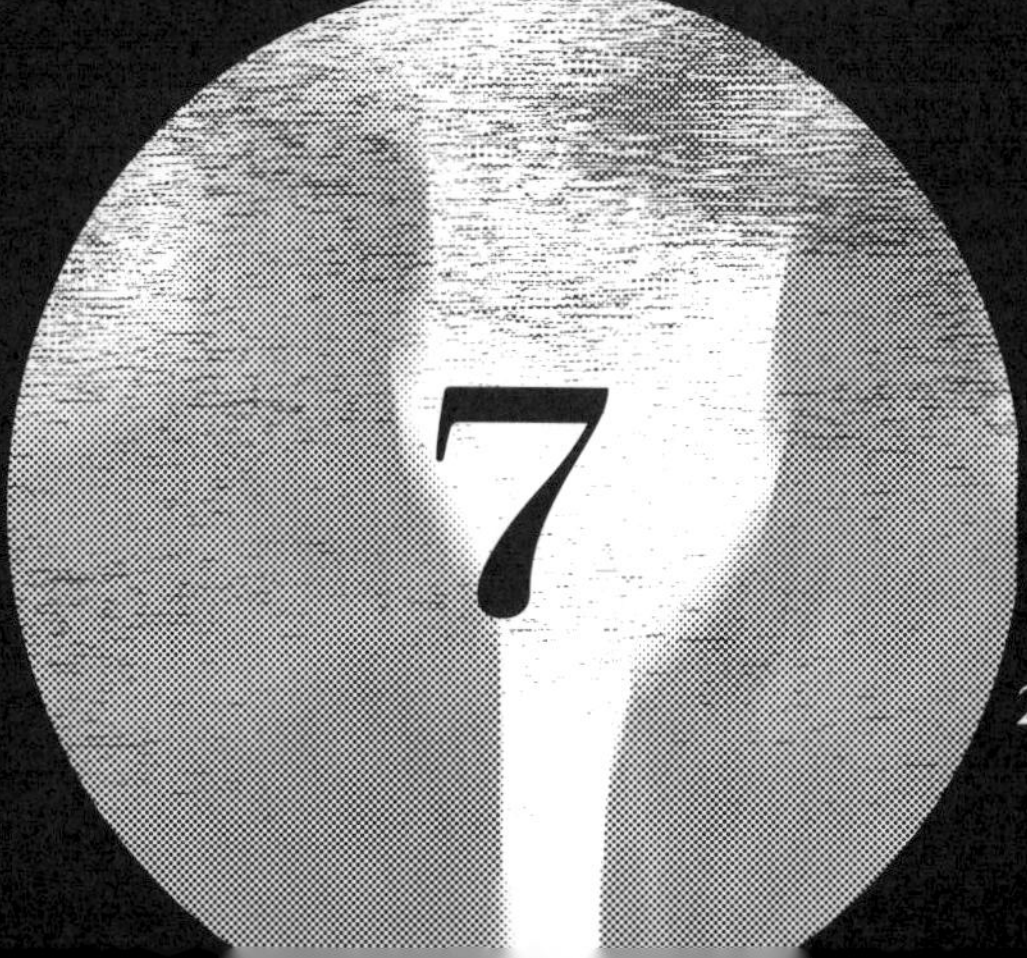
7

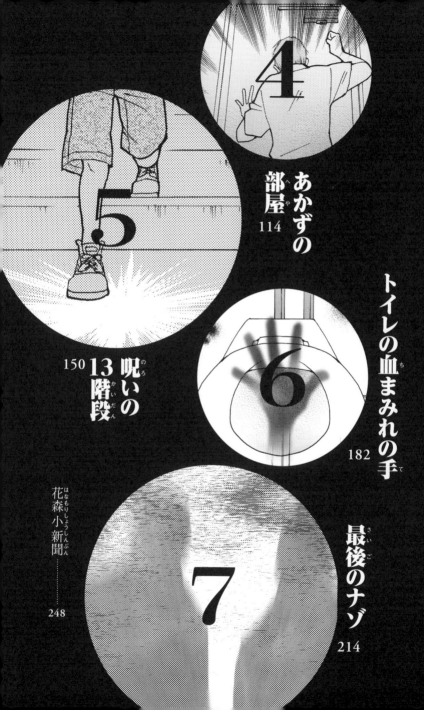

登場人物《とうじょうじんぶつ》

青井美希《あおいみき》

「スクープ命《いのち》！」の花森小《はなもりしょう》学校新聞部部長《がっこうしんぶんぶぶちょう》。取材力《しゅざいりょく》とカメラの腕《うで》には自信《じしん》あり。現在《げんざい》は、「学校《がっこう》の七不《ななふ》思議《しぎ》」ネタを追《お》っている。クラスは、6年《ねん》1組《くみ》。

杉田《すぎた》ハジメ

6年《ねん》2組《くみ》の学級委員長《がっきゅういいんちょう》。いつでもどこでもマジメで、あだ名《な》は「マジメスギ」。

宮下健太《みやしたけんた》

成績《せいせき》もスポーツも中《ちゅう》ぐらいのミスター平均《へいきん》点《てん》。超《ちょう》ビビリなくせに、ミステリーや不思《ふし》議《ぎ》なことが大好《だいす》き。クラスは、6年《ねん》2組《くみ》。

謎野真実《なぞのしんじつ》

エリート探偵育成学校《たんていいくせいがっこう》・ホームズ学園《がくえん》からの転校生《てんこうせい》。天才的《てんさいてき》な頭脳《ずのう》と幅広《はばひろ》い科学知識《かがくちしき》を持《も》つ。「科学《かがく》で解《と》けないナゾはない」が信条《しんじょう》。IQ《アイキュー》は200。クラスは、6年《ねん》2組《くみ》。

大前先生《おおまえせんせい》

6年《ねん》2組《くみ》の担任《たんにん》。理科《りか》クラブの顧問《こもん》で、誰《だれ》かれかまわず勧誘《かんゆう》する。

浜田先生《はまだせんせい》

6年《ねん》の学年主任《がくねんしゅにん》。あだ名《な》は「ハマセン」。声《こえ》がデカくて見《み》た目《め》もド迫力《はくりょく》。

林村校長先生《はやしむらこうちょうせんせい》

花《はな》を愛《あい》する、やさしい先生《せんせい》だが、ちょっと奇妙《きみょう》なうわさがある。

花森小学校《はなもりしょうがっこう》

とある町《まち》の、ごくふつうの小学校《しょうがっこう》……のはずだった。

旧校舎《きゅうこうしゃ》

ずいぶん前《まえ》に建《た》てられた木造《もくぞう》の校舎《こうしゃ》。図《ず》工室《こうしつ》や生活科室《せいかつかしつ》、新聞部《しんぶんぶ》の部室《ぶしつ》もここにある。

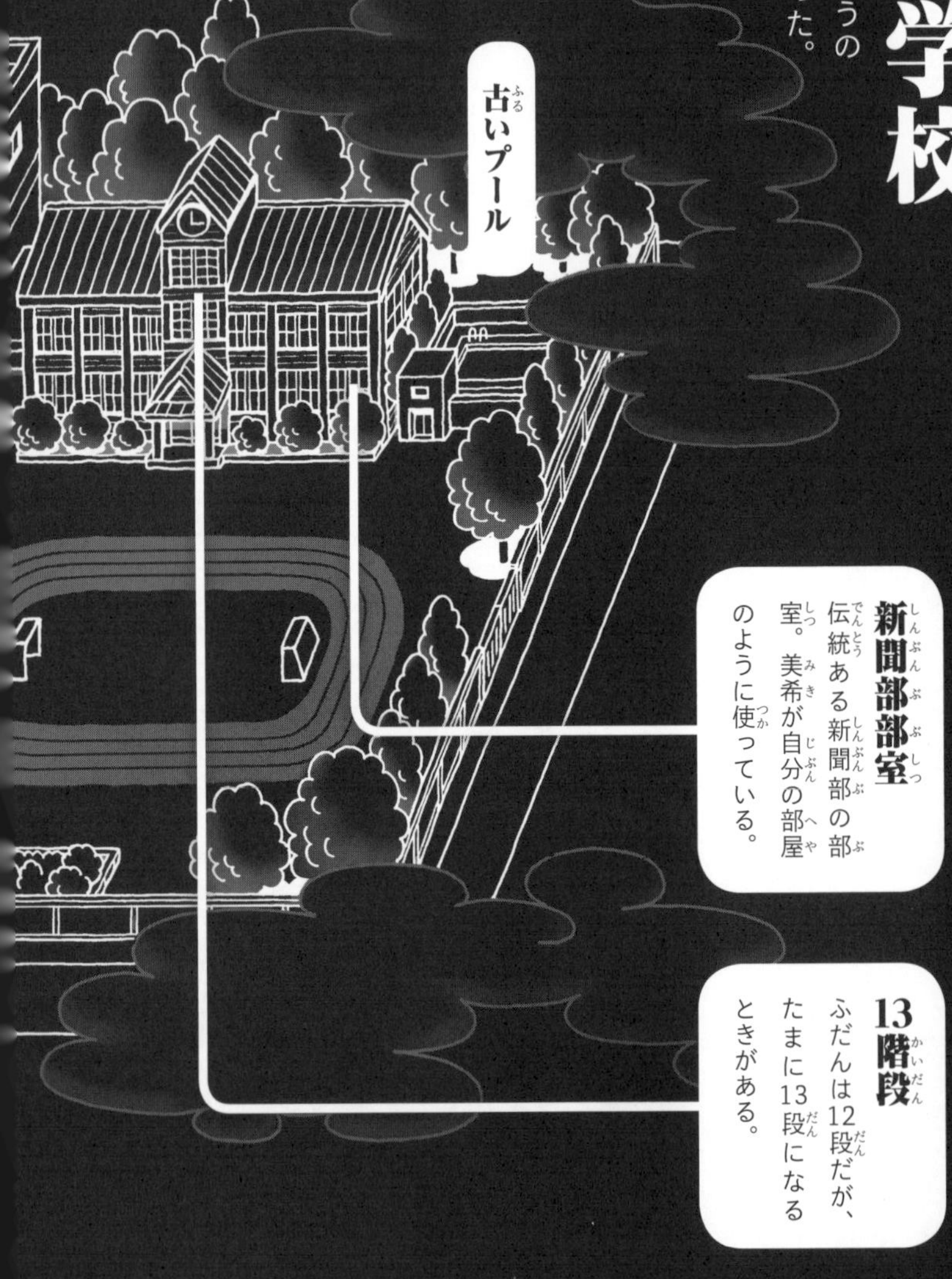

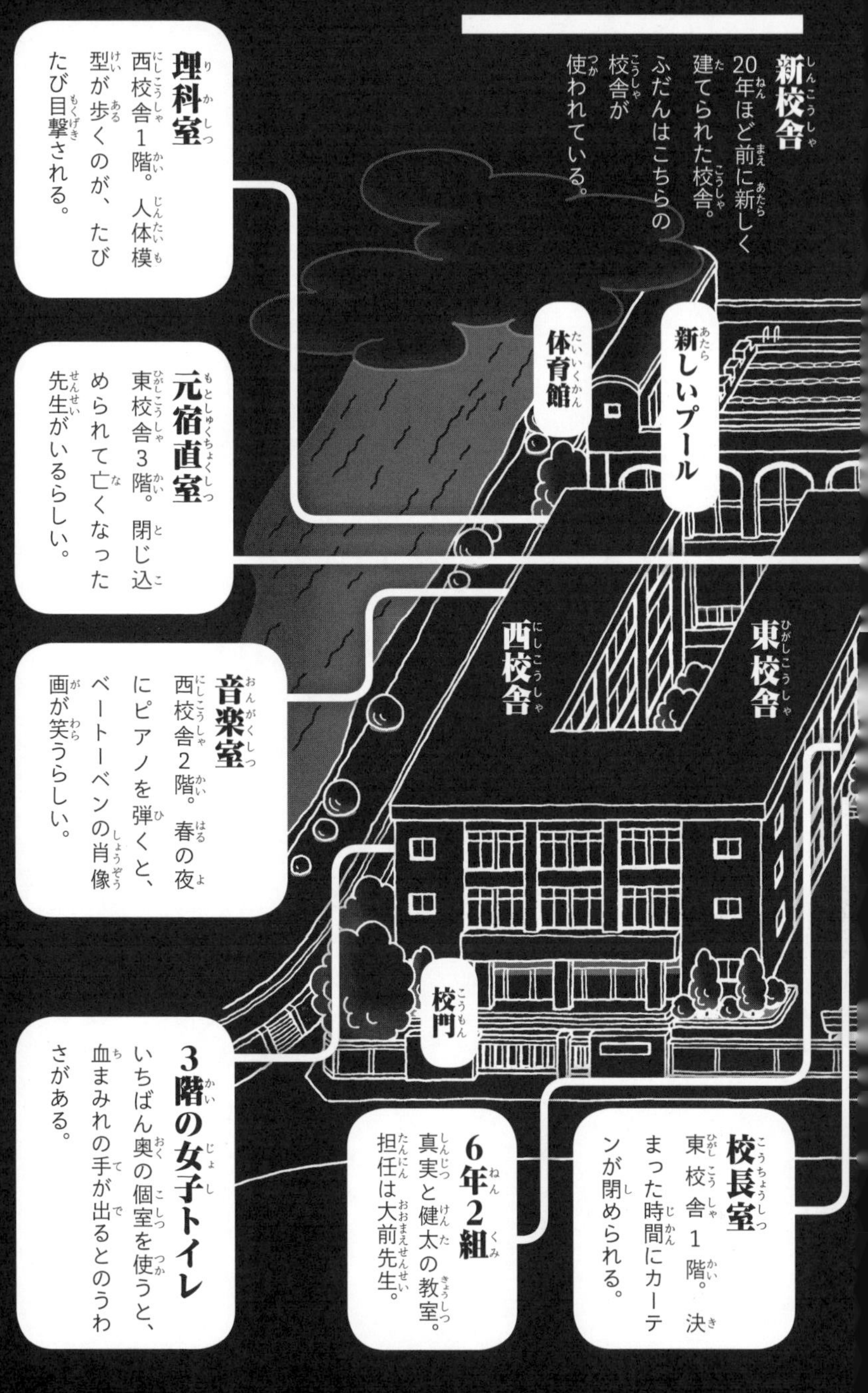
新校舎《しんこうしゃ》
20年《ねん》ほど前《まえ》に新《あたら》しく建《た》てられた校舎《こうしゃ》。ふだんはこちらの校舎《こうしゃ》が使《つか》われている。
新《あたら》しいプール
体育館《たいいくかん》
東校舎《ひがしこうしゃ》
西校舎《にしこうしゃ》
校長室《こうちょうしつ》
東《ひがし》校《こう》舎《しゃ》1階《かい》。決《き》まった時間《じかん》にカーテンが閉《し》められる。
6年《ねん》2組《くみ》
真実《しんじつ》と健太《けんた》の教室《きょうしつ》。担任《たんにん》は大前先生《おおまえせんせい》。
校門《こうもん》
3階《かい》の女子《じょし》トイレ
いちばん奥《おく》の個室《こしつ》を使《つか》うと、血《ち》まみれの手《て》が出《で》るとのうわさがある。
音楽室《おんがくしつ》
西校舎《にしこうしゃ》2階《かい》。春《はる》の夜《よ》にピアノを弾《ひ》くと、ベートーベンの肖像《しょうぞう》画《が》が笑《わら》うらしい。
元宿直室《もとしゅくちょくしつ》
東校舎《ひがしこうしゃ》3階《かい》。閉《と》じ込《こ》められて亡《な》くなった先生《せんせい》がいるらしい。
理科室《りかしつ》
西校舎《にしこうしゃ》1階《かい》。人体模《じんたいも》型《けい》が歩《ある》くのが、たびたび目撃《もくげき》される。

学校《がっこう》の七不思議《ななふしぎ》1

歩《ある》く人体模型《じんたいもけい》事件編《じけんへん》

「すっかり遅《おそ》くなっちゃったわ」

夜《よる》8時前《じまえ》。ひとりの女《おんな》の子《こ》が夜道《よみち》を走《はし》っていた。

花森小学校一《はなもりしょうがっこういち》のアイドル・6年生《ねんせい》の吉川《よしかわ》ミホである。

塾《じゅく》の居残《いのこ》り勉強《べんきょう》で、いつもより1時間《じかん》も帰《かえ》るのが遅《おそ》くなってしまったのだ。

「早《はや》く帰《かえ》らないと大好《だいす》きなテレビドラマが始《はじ》まっちゃう」

ミホは花森小学校《はなもりしょうがっこう》の校門《こうもん》にさしかかると、ふと立《た》ち止《と》まった。

学校《がっこう》の中《なか》を抜《ぬ》けて裏口《うらぐち》から出《で》ると、ミホの家《いえ》はすぐそこだ。しかし、夜《よる》の学校《がっこう》はうす気味悪《きみわる》くて、ふだんはとても通《とお》る気《き》になれなかった。

「怖《こわ》いけど……、ドラマのためよ」

そうつぶやいて、ミホは校門《こうもん》をくぐり、学校《がっこう》の中《なか》に

入《はい》っていった。

西校舎《にしこうしゃ》のわきを通《とお》り過《す》ぎようとしたとき、ミホは、校《こう》舎《しゃ》のようすが何《なん》となくおかしいことに気《き》がついた。

1階《かい》にある理科室《りかしつ》に、ぼんやり明《あ》かりがついていた。壁《かべ》ぎわに人影《ひとかげ》も見《み》える。

（こんな時間《じかん》に誰《だれ》かいるのかしら……？）

目《め》をこらしてよく見《み》てみる。

「えっ？」

人影《ひとかげ》のようなものは、人体模型《じんたいもけい》だった。内臓《ないぞう》がむき出《だ》しで、体《からだ》の半分《はんぶん》が筋肉《きんにく》になっている、不気味《ぶきみ》な人形《にんぎょう》だ。

ミホは思《おも》わず立《た》ち止《ど》まった。

（いつもはとなりの理科準備室《りかじゅんびしつ》にある人《じん》体模型《たいもけい》が、どうして理科室《りかしつ》にあるの？）

ミホは、花森小学校《はなもりしょうがっこう》に伝《つた》わる七不思議《ななふしぎ》のひとつ、「歩《ある》く人体模型《じんたいもけい》」の話《はなし》を思《おも》い出《だ》し、背筋《せすじ》がゾクッとするのを感《かん》じた。

（……誰《だれ》かが片付《かたづ》けるのを忘《わす》れただけよ）

そう自分《じぶん》に言《い》い聞《き》かせながらも、心臓《しんぞう》がドクドクと大《おお》きな脈《みゃく》を打《う》つ。

ミホは足《あし》を速《はや》めて理科室《りかしつ》の横《よこ》を通《とお》り過《す》ぎようとした。

その瞬間《しゅんかん》、背中《せなか》に何《なに》かを感《かん》じた。

（誰《だれ》かが、うしろから
わたしを見《み》てる……）

ミホは顔《かお》をこわばらせながら、おそるおそるうしろを見《み》てみる。

そこには、人体模型《じんたいもけい》が、さっきとは別《べつ》の場《ば》所《しょ》に立《た》っていた。人体模型《じんたいもけい》はぽっかりあいた目《め》で、ミホをじっと見《み》つめていた。

「きゃあああ‼」

うす暗《ぐら》い校内《こうない》に、ミホの悲鳴《ひめい》が響《ひび》き渡《わた》った。

「昨日《きのう》、3組《くみ》の吉川《よしかわ》ミホさんが『歩《ある》く人体模《じんたいも》型《けい》』を見《み》たんだって！」

翌朝《よくあさ》。6年《ねん》2組《くみ》の教室《きょうしつ》は、学校一《がっこういち》のアイドルが怪異現象《かいいげんしょう》を体験《たいけん》した話《はなし》でもちきりだった。

3か月前《げつまえ》にも、4年生《ねんせい》の男《おとこ》の子《こ》が人体模型《じんたいもけい》が歩《ある》くところを目撃《もくげき》していて、そのときも大《おお》きな話題《わだい》になった。

ざわつく教室《きょうしつ》の中《なか》で、小柄《こがら》な男《おとこ》の子《こ》が自分《じぶん》の席《せき》で、その話《はなし》に聞《き》き耳《みみ》を立《た》てていた。

宮下健太《みやしたけんた》だ。

健太《けんた》はミステリーや不思議《ふしぎ》なことが大好《だいす》きだ。

（やっぱり、歩《ある》く人体模型《じんたいもけい》の話《はなし》は本当《ほんとう》だったんだ……）

健太《けんた》は、人体模型《じんたいもけい》の歩《ある》く姿《すがた》を思《おも》い浮《う》かべて、少《すこ》し怖《こわ》くなった。

しかし、それ以上《いじょう》にワクワクする気持《きも》ちのほうが大《おお》きかった。

「おはよう、みんな席《せき》に着《つ》いて～」

ドアが開《ひら》き、白衣姿《はくいすがた》の担任《たんにん》の大前先生《おおまえせんせい》が入《はい》ってきた。

「今日《きょう》はみんなに転校生《てんこうせい》を紹介《しょうかい》するぞ～」

「転校生《てんこうせい》？」

クラスのみんなの目《め》がいっせいにドアのほうを向《む》いた。

ひとりの男《おとこ》の子《こ》が入《はい》ってきた。

銀縁《ぎんぶち》の眼鏡《めがね》をかけた美《うつく》しい顔立《かおだ》ちの男《おとこ》の子《こ》。

絵本《えほん》に出《で》てくる魔法使《まほうつか》いのような、変《か》わった黒《くろ》マン

トをはおっている。

「謎野真実《なぞのしんじつ》くんだ。なんと、ホームズ学園《がくえん》からの転校生《てんこうせい》だぞ」

大前先生《おおまえせんせい》がそう言《い》うと、クラスのみんなが「ええ～！」と声《こえ》をあげた。

ホームズ学園《がくえん》は、「探偵《たんてい》」を育成《いくせい》するエリート学校《がっこう》。ＩＱ《アイキュー》１８０以上《いじょう》の子《こ》どもの中《なか》から特別《とくべつ》に選《えら》ばれた者《もの》だけが、入学《にゅうがく》を許《ゆる》されるという。

（ホームズ学園《がくえん》って、ホントにあったんだ！）

健太《けんた》も、うわさでは聞《き》いたことがあったが、どこにあるのかも、どうすれば入《はい》れるのかもわからない、ナゾにつつまれた学校《がっこう》だった。

（だけど、どうしてウチみたいなふつうの学校《がっこう》に転校《てんこう》してきたのかな？）

健太《けんた》はそのことが妙《みょう》に気《き》になってしまった。

ホームズ
ホームズ学園《がくえん》の「ホームズ」は、シャーロック・ホームズに由来《ゆらい》している。イギリスの小説家《しょうせつか》コナン・ドイルが生《う》んだ、世界一有名《せかいいちゆうめい》な探偵《たんてい》だ。

ＩＱ《アイキュー》
知能指数《ちのうしすう》。平均的《へいきんてき》な子《こ》どものＩＱ《アイキュー》は１００。ＩＱ《アイキュー》が高《たか》いほど知能《ちのう》が高《たか》いとされる。

1時間目《じかんめ》の休《やす》み時間《じかん》。

分厚《ぶあつ》い数学書《すうがくしょ》を読《よ》んでいる謎野真実《なぞのしんじつ》のまわりには、人《ひと》だかりができていた。クラスメートはみな、ホームズ学園《がくえん》から来《き》た転校生《てんこうせい》に興味津々《きょうみしんしん》だ。

しかし健太《けんた》は、そこに加《くわ》わりたい気持《きも》ちを抑《おさ》えて、ひとりで教室《きょうしつ》を出《で》て理科準備室《りかじゅんびしつ》に向《む》かった。

(謎野《なぞの》くんのことも知《し》りたいけど、今《いま》は「歩《ある》く人体模型《じんたいもけい》」のほうが気《き》になる)

理科準備室《りかじゅんびしつ》の前《まえ》まで来《く》ると、健太《けんた》はおそるおそる、引《ひ》き戸《ど》になっている扉《とびら》に手《て》をかけた。

だが、鍵《かぎ》がかかっていて扉《とびら》は開《ひら》かない。

ガッカリして教室《きょうしつ》に戻《もど》ろうとしたが、ふと思《おも》いついた。

(そうだ！　窓《まど》からなら見《み》えるかも)

急《いそ》いで校舎《こうしゃ》の外《そと》に出《で》て、窓《まど》から理科準備室《りかじゅんびしつ》をのぞこうとした。

しかし、窓《まど》はすりガラスになっていて、中《なか》のようすはよくわからない。

(やっぱり人体模型《じんたいもけい》は見《み》えないや……)

あきらめて教室《きょうしつ》に戻《もど》ると、真実《しんじつ》は、まだ人《ひと》だかりの中《なか》で本《ほん》を読《よ》んでいた。

真実《しんじつ》は、健太《けんた》が戻《もど》ってきたことに気《き》づくと、本《ほん》をパタンと閉《と》じ、人《ひと》だかりを抜《ぬ》けて健太《けんた》のところにやってきた。クラスのみんなは、驚《おどろ》いたようにこっちを見《み》ている。

「宮下健太《みやしたけんた》くんだね」

「えっ、どうしてぼくの名前《なまえ》を？」

健太《けんた》は、真実《しんじつ》が突然《とつぜん》自分《じぶん》に話《はな》しかけてきたことにとまどいながらたずねた。

「当然《とうぜん》だよ。探偵《たんてい》にとって、情報収集《じょうほうしゅうしゅう》は基本《きほん》だからね」

真実《しんじつ》は、眼鏡越《めがねご》しにチラリと健太《けんた》を見《み》た。

「ところで、宮下健太《みやしたけんた》くん。人体模型《じんたいもけい》が見《み》られなくて残念《ざんねん》だったね」

「えっ、なんで見《み》にいったこと知《し》ってるの？」

「知《し》らないよ。だけど簡単《かんたん》な推理《すいり》さ。まず、朝《あさ》、ぼくが入《はい》っていく前《まえ》の教室《きょうしつ》は、歩《ある》く人体模型《じんたいもけい》の話《はなし》でもちきりだった。廊下《ろうか》まで声《こえ》が聞《き》こえてくるほどにね。それと……」

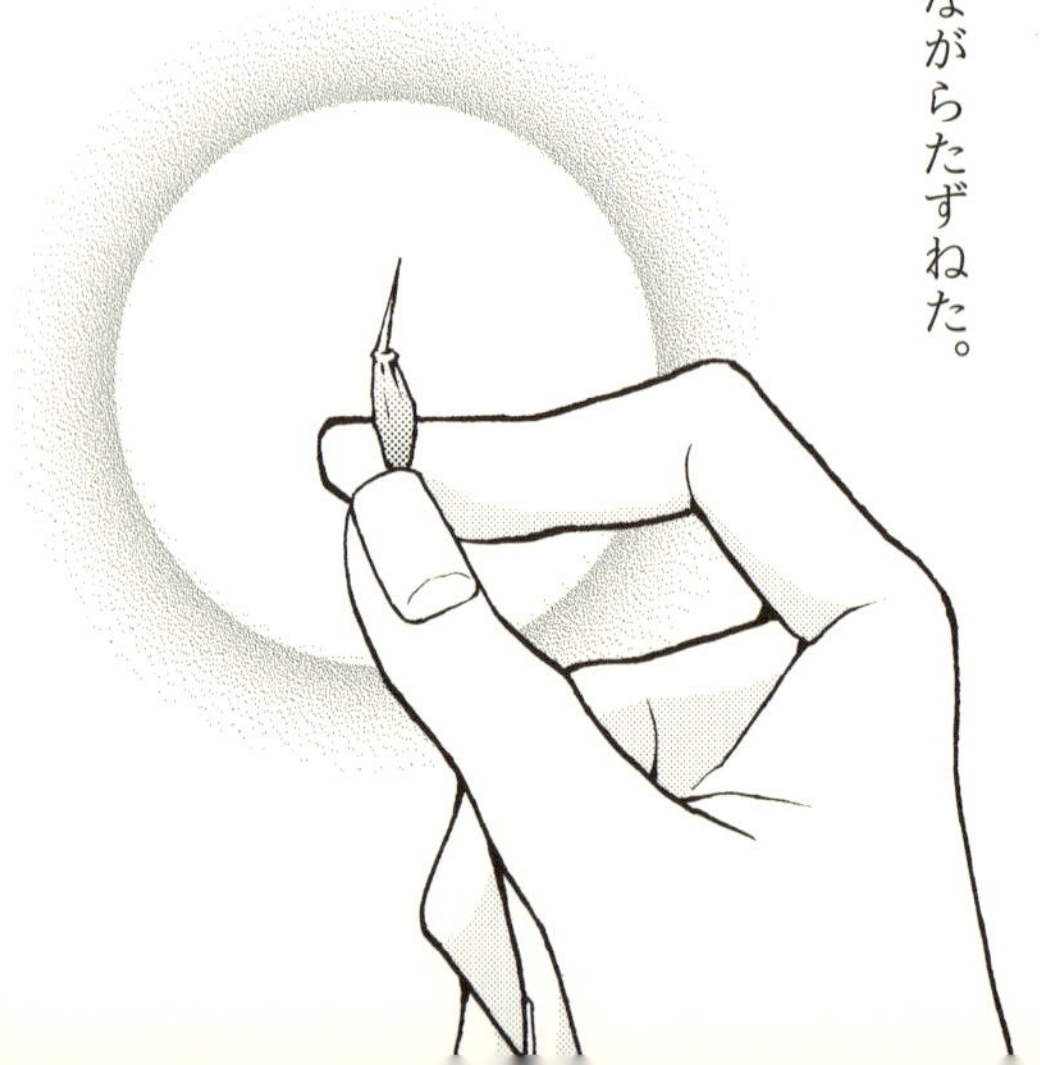

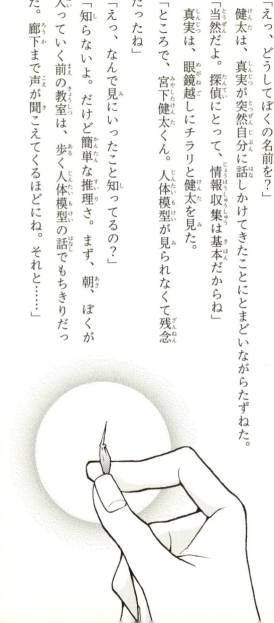

真実《しんじつ》は、健太《けんた》のズボンに付《つ》いた小《ちい》さなトゲをつまみ上《あ》げて言《い》った。

「これはアザミのトゲだ」

「えっ、いつの間《ま》にこんなものが……」

あわててズボンをはたく健太《けんた》。それにかまわず真実《しんじつ》は話《はなし》を続《つづ》ける。

「アザミは日当《ひあ》たりのいい場所《ばしょ》に生《は》える草《くさ》だ。おそらく、西校舎《にしこうしゃ》の外側《そとがわ》に生《は》えていたものだろう。あそこはすぐ前《まえ》が川《かわ》で、太陽《たいよう》の光《ひかり》をさえぎる建物《たてもの》がないからね」

真実《しんじつ》の言《い》うとおりだった。西校舎《にしこうしゃ》の外側《そとがわ》は日当《ひあ》たりがよく、雑草《ざっそう》がしげっているのだ。

「たしか、理科準備室《りかじゅんびしつ》は、西校舎《にしこうしゃ》にあったよね」

うなずく健太《けんた》。

「キミは人体模型《じんたいもけい》が見《み》たくて理科準備室《りかじゅんびしつ》に行《い》ってみた。でも、鍵《かぎ》がかかっていたので、校舎《こうしゃ》の外側《そとがわ》の窓《まど》から部屋《へや》の中《なか》をのぞこうとした。違《ちが》うかい？」

アザミ
春《はる》から初夏《しょか》に咲《さ》くのはノアザミ。葉《は》や枝《えだ》にトゲを持《も》ち、主《おも》に紫色《むらさきいろ》の花《はな》を咲《さ》かせる。花《はな》のあとは、タンポポと同《おな》じように、綿毛《わたげ》のついた種《たね》が風《かぜ》を受《う》けて飛《と》ぶ。

自分《じぶん》の行動《こうどう》をピタリと言《い》い当《あ》てられて、健太《けんた》は心《こころ》の底《そこ》から驚《おどろ》いた。

（すごい。あんな小《ちい》さなトゲだけで、ぼくが何《なに》をしていたのかがわかるなんて！）

やはり彼《かれ》はほかのクラスメートとは全然違《ぜんぜんちが》う。

「もしかして、謎野《なぞの》くんも『歩《ある》く人体模型《じんたいもけい》』に興味《きょうみ》があるの？」

「もちろん。すべてのナゾは、ぼくに解《と》かれる運命《うんめい》にあるんだ」

真実《しんじつ》は当然《とうぜん》のように答《こた》えた。

「ナゾを解《と》くには、まず情報《じょうほう》を集《あつ》めることだ。宮下健太《みやしたけんた》くん、次《つぎ》の休《やす》み時間《じかん》、目撃者《もくげきしゃ》のところに案内《あんない》してくれるかな」

「えっ？　う、うん」

健太《けんた》はとまどいながらも、大《おお》きくうなずいた。


2時間目《じかんめ》の休《やす》み時間《じかん》。

健太《けんた》は真実《しんじつ》を連《つ》れて、3組《くみ》の吉川《よしかわ》ミホのところへ向《む》かった。

「だけど、謎野《なぞの》くん、ナゾを解《と》くっていうけど、ぼくは人体模型《じんたいもけい》がホントに歩《ある》いたって思《おも》ってるんだけど」

「・・・・ホントに歩《ある》いた？　キミはずいぶん非科学的《ひかがくてき》なことを言《い》うんだね」

「非科学的《ひかがくてき》って……。そりゃあ、ひとりしか目撃者《もくげきしゃ》がいなかったら、ぼくだって見間違《みまちが》いかなって思《おも》うけど、3か月前《げつまえ》にも見《み》た人《ひと》がいるんだよ。これって単《たん》なる偶然《ぐうぜん》じゃないと思《おも》うんだ」

「確《たし》かに」と真実《しんじつ》はつぶやく。

「見間違《みまちが》いではないかもしれない。だけど、何人目撃《なんにんもくげき》していようが、人体模型《じんたいもけい》が勝手《かって》に動《うご》くわけがない。もし動《うご》いたとしたら何《なに》か理由《りゆう》があるはずで、それは科学《かがく》で説明《せつめい》できるはずだ」

「科学《かがく》で？」

「ああ、この世《よ》に科学《かがく》で解《と》けないナゾはない。目撃者《もくげきしゃ》に話《はなし》を聞《き》けば、きっとナゾを解《と》くヒントが見《み》つかるはずだ」

3組《くみ》の教室《きょうしつ》に着《つ》くと、健太《けんた》は、吉川《よしかわ》ミホを廊下《ろうか》に呼《よ》び出《だ》した。

ミホは、健太《けんた》のうしろにいる真実《しんじつ》に気《き》がついて、目《め》を輝《かがや》かせた。

「あなた、ホームズ学園《がくえん》から来《き》た謎野《なぞの》くんでしょ！　わたし、人体模型《じんたいもけい》が歩《ある》いてるのを見《み》たの。すっごく怖《こわ》かったのよ！」

「では、そのときの状況《じょうきょう》を教《おし》えてくれるかな」

相手《あいて》が学校一《がっこういち》のアイドルでも、真実《しんじつ》の冷静《れいせい》さは変《か》わらないようだ。

「……昨日《きのう》の夜《よる》、8時《じ》ごろのことだったわ……」

ミホは大《おお》きく深呼吸《しんこきゅう》をし、身《み》ぶり手《て》ぶりを交《まじ》えながら、昨日《きのう》のことを詳《くわ》しく話《はな》した。

人体模型《じんたいもけい》が歩《ある》いた！

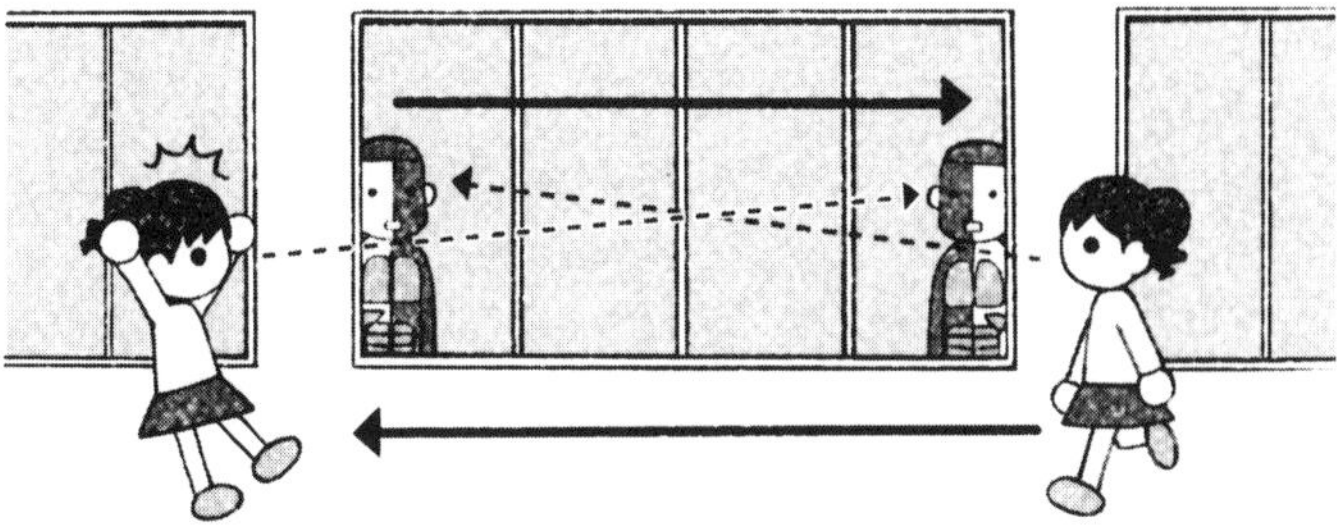

話《はなし》を聞《き》き終《お》わると、真実《しんじつ》は小《ちい》さくうなずいた。

「つまりキミは、理科室《りかしつ》の横《よこ》を通《とお》ったときに、理科室《りかしつ》前方《ぜんぽう》の壁《かべ》ぎわに立《た》つ人体模型《じんたいもけい》を見《み》た。少《すこ》し進《すす》んでから振《ふ》り返《かえ》ったら、今度《こんど》は、理科室《りかしつ》の後方《こうほう》の壁《かべ》に、人体模型《じんたいもけい》が立《た》っているのが見《み》えたということだね」

「そ、そうよ」

真実《しんじつ》があまりに冷静《れいせい》な口調《くちょう》なので、ミホは少《すこ》し拍子《ひょうし》抜《ぬ》けしてしまった。

「ということは、実際《じっさい》に人体模型《じんたいもけい》が歩《ある》いている瞬間《しゅんかん》を見《み》たわけではないんだね」

「そ、そうだけど、ほんの数秒《すうびょう》で反対側《はんたいがわ》の壁《かべ》に移動《いどう》したのよ。理科室《りかしつ》には誰《だれ》もいなかったんだから、人体模型《じんたいもけい》が自分《じぶん》で歩《ある》いたに決《き》まってるじゃない！」

真実《しんじつ》は、興奮《こうふん》するミホにクルリと背《せ》を向《む》けて、

「そろそろ次《つぎ》の授業《じゅぎょう》が始《はじ》まる時間《じかん》だ。これで失礼《しつれい》するよ」

と、スタスタと自分《じぶん》の教室《きょうしつ》に向《む》かった。

「あっ、待《ま》って謎野《なぞの》くん！　ごめん、ミホちゃん、ありがとう」

健太《けんた》はあっけにとられるミホにお礼《れい》を言《い》うと、真実《しんじつ》のあとを追《お》った。


給食《きゅうしょく》の時間《じかん》。

ゆったりと食事《しょくじ》をする真実《しんじつ》のまわりを、クラスの女子《じょし》たちが取《と》り囲《かこ》んで、質問攻《しつもんぜ》めにしていた。

「ねえ、謎野《なぞの》くん、ホームズ学園《がくえん》ってどんなところ？」

「これまでに解決《かいけつ》した事件《じけん》の話《はなし》、聞《き》かせてよ」

「ねえ、謎野《なぞの》くん、謎野《なぞの》くんったら」

真実《しんじつ》は女《おんな》の子《こ》たちの話《はなし》に興味《きょうみ》なさそうなようすで給食《きゅうしょく》を食《た》べ終《お》えると、ハンカチで口《くち》を拭《ふ》き、スッと席《せき》を立《た》った。

健太《けんた》もあわてて、真実《しんじつ》のあとを追《お》った。

「謎野《なぞの》くん、今度《こんど》はどこに行《い》くの？」

「そろそろ理科準備室《りかじゅんびしつ》の鍵《かぎ》が開《あ》いているはずだ」

真実《しんじつ》にそう言《い》われて、健太《けんた》は、午後《ごご》に理科《りか》の実験《じっけん》があることを思《おも》い出《だ》した。確《たし》かに、大前《おおまえ》先生《せんせい》がその準備《じゅんび》を始《はじ》めそうなころだ。

「ところで、宮下健太《みやしたけんた》くん。どうして人体模型《じんたいもけい》が目撃《もくげき》されたとき、理科室《りかしつ》だけ明《あ》かりがついていたと思《おも》う？」

「それは……」

（確《たし》かに、どうしてついていたんだろう？）

「もしかして、人体模型《じんたいもけい》が自分《じぶん》で明《あ》かりをつけたのかな。人体模型《じんたいもけい》だって真《ま》っ暗《くら》な教室《きょうしつ》は怖《こわ》いはずだもん」

その答《こた》えに、真実《しんじつ》は小《ちい》さな溜《た》め息《いき》をもらす。

「キミみたいに非科学的《ひかがくてき》な人《ひと》、ホームズ学園《がくえん》では見《み》たことがないよ」

「そんなこと言《い》われても」

「キミに聞《き》いたぼくが間違《まちが》いだったよ」

「えええ〜っ!!」

とまどう健太《けんた》をよそに、真実《しんじつ》は廊下《ろうか》をスタスタと進《すす》んでいった。


理科室《りかしつ》の前《まえ》まで来《く》ると、真実《しんじつ》は廊下《ろうか》から中《なか》を見回《みまわ》してつぶやいた。

「ここが人体模型《じんたいもけい》が目撃《もくげき》された理科室《りかしつ》だね。特《とく》に変《か》わったところはないようだけど」

理科室《りかしつ》のとなりの理科準備室《りかじゅんびしつ》の前《まえ》には、大前先生《おおまえせんせい》がいた。ちょうど鍵《かぎ》を開《あ》けようとしていたところだった。

先生《せんせい》は理科《りか》クラブの顧問《こもん》でもある。

「大前先生《おおまえせんせい》、理科準備室《りかじゅんびしつ》を見《み》せてもらえますか?」

「謎野《なぞの》、もしかして理科《りか》クラブに入《はい》りたいのか? いいぞ〜、理科《りか》クラブは」

大前先生《おおまえせんせい》は興奮《こうふん》ぎみに理科《りか》クラブの楽《たの》しさを話《はな》しだす。しかし真実《しんじつ》はそんな大前先生《おおまえせんせい》の話《はなし》をさえぎって言《い》った。

「そんなことより、調《しら》べたいことがあるんです」

「そ、そうなのか……」

大前先生《おおまえせんせい》はちょっとガッカリして肩《かた》を落《お》とした。

「ちょうど昨日《きのう》掃除《そうじ》をしたところだから、きれいになってるよ」

「掃除《そうじ》？」

「ああ、3か月《げつ》に1度《ど》、掃除《そうじ》をしてるんだよ」

それを聞《き》き、真実《しんじつ》は口元《くちもと》に手《て》をあてて何《なに》か考《かんが》える。

「掃除《そうじ》をしたのは昨日《きのう》の何時《なんじ》ぐらいですか？」

「ええっと、理科《りか》クラブが終《お》わったあとから始《はじ》めたから、夜《よる》の7時《じ》ぐらいからだったかな」

「そのとき、人体模型《じんたいもけい》はどこにありましたか？」

「人体模型《じんたいもけい》？　ああ、掃除《そうじ》のじゃまだから、準備室《じゅんびしつ》にあった物《もの》はぜんぶ、となりの理科室《りかしつ》に置《お》いてたよ」

「えっ！」

健太《けんた》が思《おも》わず声《こえ》を上《あ》げた。

「もしかして、人体模型《じんたいもけい》を動《うご》かしたのは大前先生《おおまえせんせい》？」

健太《けんた》は、昨日《きのう》、吉川《よしかわ》ミホが見《み》たことを先生《せんせい》に話《はな》した。

しかし、それを聞《き》いた大前先生《おおまえせんせい》は笑《わら》いながら首《くび》を横《よこ》に振《ふ》った。

「そんなこと先生《せんせい》はしてないよ。人体模型《じんたいもけい》は窓辺《まどべ》に置《お》いただけで、掃除《そうじ》が終《お》わるまで、一度《いちど》も動《うご》かしてないからな」

「動《うご》かしてない？」

「ああ。そもそも怖《こわ》いと思《おも》うから、そんな風《ふう》に見《み》えてしまうんだよ。そう

理科室《りかしつ》の水道《すいどう》の秘密《ひみつ》
理科室《りかしつ》の水道《すいどう》の蛇口《じゃぐち》には、短《みじか》いホースがついている。これは、薬品《やくひん》が体《からだ》についたときなどにすぐに洗《あら》い流《なが》すため。何《なに》かが燃《も》えたときの消火《しょうか》にも使《つか》える。

だ、宮下《みやした》。理科《りか》クラブに入《はい》って、科学《かがく》を学《まな》ぼうじゃないか！」

「ええっと、それは……」

するとそのとき、真実《しんじつ》がドアの前《まえ》に立《た》った。

「とりあえず、準備室《じゅんびしつ》の中《なか》を見《み》せてくれますか？」

「あ、ああ。べつにかまわないけど」

真実《しんじつ》たちは理科準備室《りかじゅんびしつ》の中《なか》を見《み》せてもらうことにした。

理科準備室《りかじゅんびしつ》の中《なか》にはいろいろな物《もの》が置《お》かれていた。大前先生《おおまえせんせい》は自分《じぶん》の部屋《へや》のように使《つか》っているようだ。

人体模型《じんたいもけい》も壁《かべ》ぎわに立《た》っている。

「人体模型《じんたいもけい》はこれひとつだけですよね」

真実《しんじつ》が大前先生《おおまえせんせい》に確認《かくにん》した。

「そうだよ」

健太《けんた》は、おそるおそる人体模型《じんたいもけい》に近《ちか》づくと、じっくり観察《かんさつ》してみる。

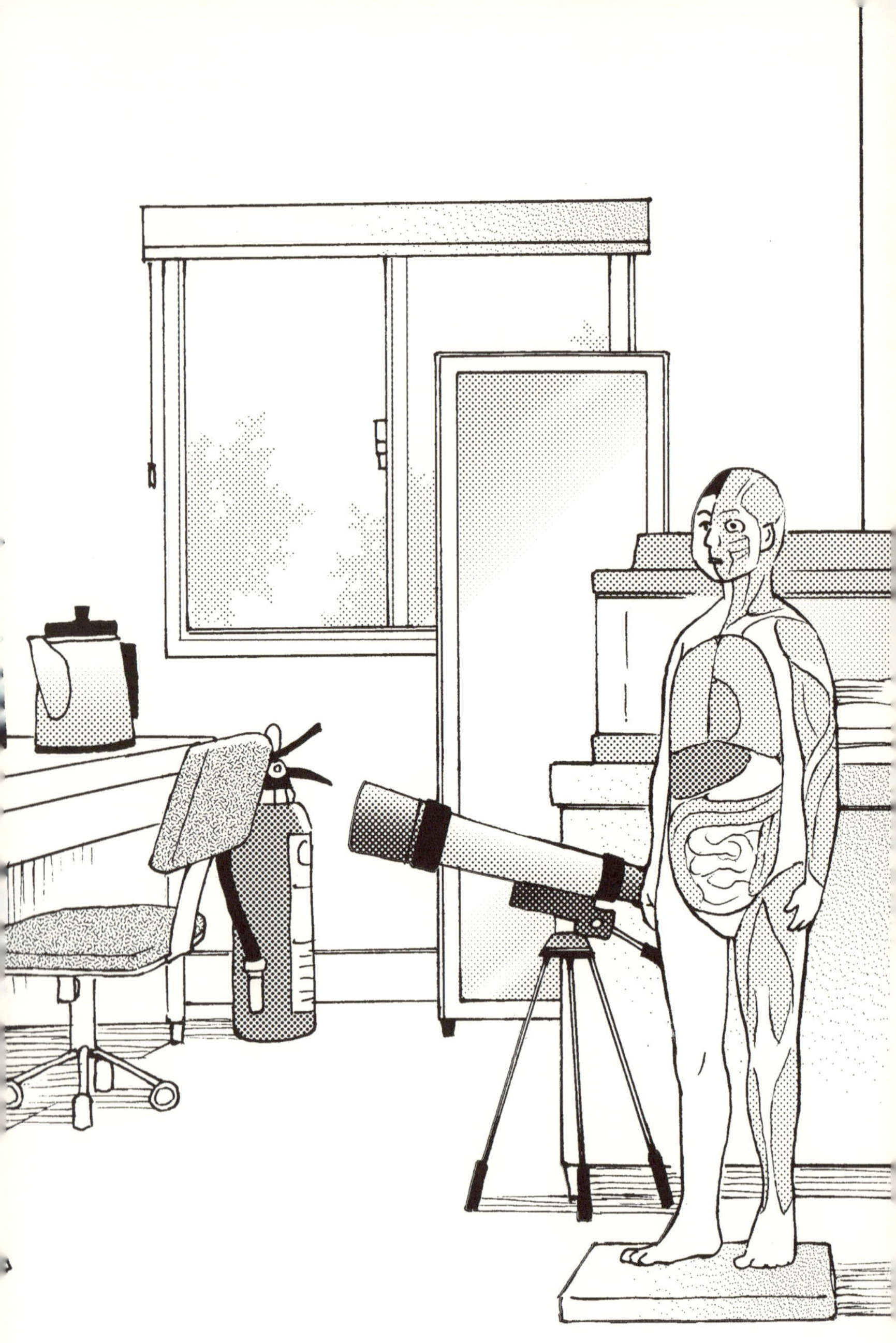

内臓《ないぞう》がむき出《だ》しになっていて不気味《ぶきみ》だけど、ただの人形《にんぎょう》だ。

（これがホントに、ひとりで歩《ある》いたのかな？）

「なるほどね……」

真実《しんじつ》がポツリとつぶやいた。

真実《しんじつ》は人《ひと》さし指《ゆび》で眼鏡《めがね》をクイッとあげると、健太《けんた》のほうを見《み》る。

「宮下健太《みやしたけんた》くん、人体模型《じんたいもけい》が動《うご》いたナゾが解《と》けたよ」

「えっ？」

「この世《よ》に科学《かがく》で解《と》けないナゾはない。
答《こた》えは、この理科準備室《りかじゅんびしつ》の中《なか》にある」

「ど、どういうこと？」

真実《しんじつ》はいったい、何《なに》に気《き》づいたのだろう？

解《かい》決《けつ》編《へん》

10分後《ぷんご》――。

健太《けんた》は西校舎《にしこうしゃ》の前《まえ》に立《た》っていた。真実《しんじつ》に、吉川《よしかわ》ミホと同《おな》じように理科室《りかしつ》の横《よこ》を歩《ある》くよう言《い》われたからだ。

(歩《ある》いてどうなるんだろう？　それでナゾが解《と》けるのかな？)

健太《けんた》は、真実《しんじつ》に言《い》われたとおりに歩《ある》きはじめた。

校舎《こうしゃ》わきを通《とお》るとき、理科室《りかしつ》を見《み》ると、前方《ぜんぽう》の壁《かべ》ぎわに人体模型《じんたいもけい》が立《た》っているのが見《み》えた。

(あれって、さっき理科準備室《りかじゅんびしつ》にあった人体模型《じんたいもけい》だよね……？)

理科室《りかしつ》を通《とお》り過《す》ぎたころ、振《ふ》り返《かえ》って、もう一度《いちど》理科室《りかしつ》を見《み》た。

「えっ！」

健太《けんた》は思《おも》わず目《め》を大《おお》きく開《ひら》いた。

なんと、ほんの数秒《すうびょう》の間《あいだ》に、人体模型《じんたいもけい》が理科室《りかしつ》の後方《こうほう》の壁《かべ》に移動《いどう》していたのだ。

「どうして？　なんで⁇」

健太《けんた》はびっくりして、その場《ば》に立《た》ち止《ど》まってしまった。

「もしかして謎野《なぞの》くんが……？」

健太《けんた》は理科室《りかしつ》にいる真実《しんじつ》が、自分《じぶん》の姿《すがた》が見《み》えないようにして、人体模型《じんたいもけい》を動《うご》かしたのではないかと思《おも》ったのだ。

「絶対《ぜったい》そうだ！　それがナゾの正体《しょうたい》なんだ！」

健太《けんた》は大《おお》きな声《こえ》でそう叫《さけ》んだ。

「へえ、どんなナゾの正体《しょうたい》がわかったんだい？」

「へっ？」

振《ふ》り返《かえ》ると、そこには真実《しんじつ》が立《た》っていた。

「えっ!?　どうしてここに？」

人体模型《じんたいもけい》が動《うご》いてまだ10秒《びょう》も経《た》っていない。

その間《かん》に理科室《りかしつ》からここまで来《く》るなんて不可能《ふかのう》だ。

「ウソ、人体模型《じんたいもけい》を動《うご》かしたのは謎野《なぞの》くんじゃないの!?」

「違《ちが》うよ」

真実《しんじつ》は健太《けんた》をじっと見《み》つめた。

「あの人体模型《じんたいもけい》は、最初《さいしょ》から動《うご》いてなんかなかった。動《うご》いていたのは、それを目撃《もくげき》した人《ひと》たちなんだ」

「ええ？　どういうこと？」

「人体模型《じんたいもけい》は確《たし》かに昨日《きのう》の夜《よる》、理科室《りかしつ》の窓辺《まどべ》に置《お》かれていた。だけど置《お》かれていたのは人体《じんたい》模型《もけい》だけじゃないんだ。ほら、先生《せんせい》が言《い》ってただろう？　掃除《そうじ》のじゃまだから、準備室《じゅんびしつ》にあった物《もの》はぜんぶ、となりの理科室《りかしつ》に置《お》いたって」

「あっ！」

そういえば、そんなことを言《い》っていた。

「つまり、掃除《そうじ》のあいだ、理科室《りかしつ》には準備室《じゅんびしつ》にあったいろんな物《もの》が置《お》かれてたんだ。たとえば、『姿見《すがたみ》』とかね」

「姿見《すがたみ》って、あの大《おお》きな鏡《かがみ》??」

「ああ。そして人体模型《じんたいもけい》が歩《ある》いたように見《み》えたのは、その姿見《すがたみ》のせいだったんだ」

「目撃者《もくげきしゃ》の吉川《よしかわ》さんは校舎《こうしゃ》のわきを歩《ある》いていただろう？　つまり彼女《かのじょ》は、最初《さいしょ》は本物《ほんもの》の人体《じんたい》模型《もけい》を、歩《ある》いて振《ふ》り返《かえ》ったときは鏡《かがみ》に映《うつ》った人体模型《じんたいもけい》、すなわち『鏡像《きょうぞう》』を見《み》たんだ」

「なるほど〜！」

健太《けんた》は大《おお》きくうなずく。しかし、すぐにあることを思《おも》い出《だ》した。

「だけど、もうひとり、人体模型《じんたいもけい》が動《うご》いたところを見《み》てるよ。ほらっ、前《まえ》にも男《おとこ》の子《こ》が」

健太《けんた》がそう言《い》うと、真実《しんじつ》は小《ちい》さな溜《た》め息《いき》をもらした。

「キミは推理力《すいりりょく》ゼロのようだね。それがいつのことだったか覚《おぼ》えてないのかい？」

「ええっと、それはたしか……、３か月前《げつまえ》……、ああっ！」

健太《けんた》は真実《しんじつ》の顔《かお》を見《み》た。

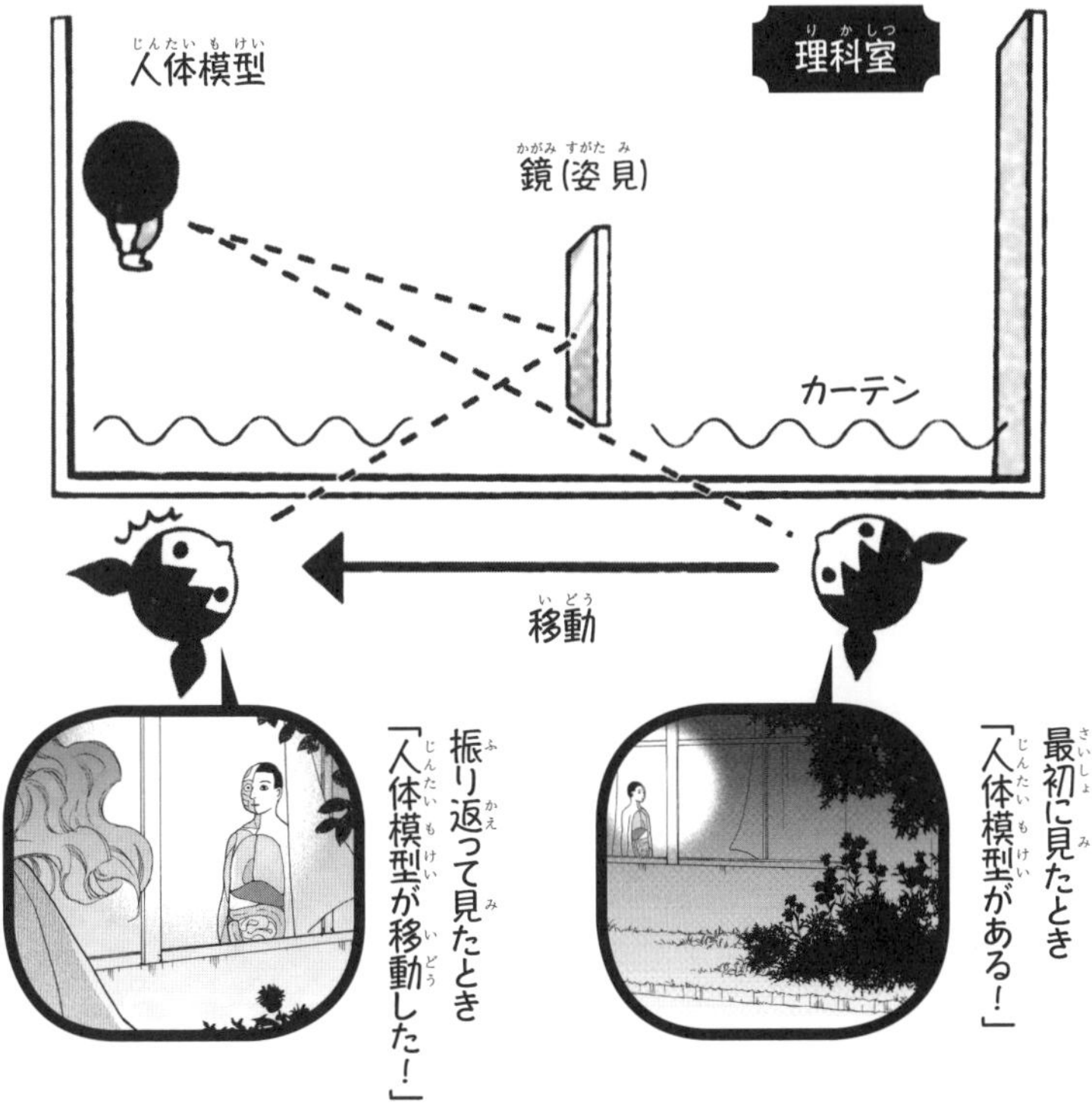
人体模型《じんたいもけい》
理科室《りかしつ》
鏡《かがみ》(姿見《すがたみ》)
カーテン
移動《いどう》
最初《さいしょ》に見《み》たとき
「人体模型《じんたいもけい》がある!」
振《ふ》り返《かえ》って見《み》たとき
「人体模型《じんたいもけい》が移動《いどう》した!」

「大前先生《おおまえせんせい》は、3か月《げつ》に1度《ど》、理科準備室《りかじゅんびしつ》を掃除《そうじ》してるって言《い》ってた！」

「正解《せいかい》。つまり、その男《おとこ》の子《こ》が見《み》たのは、前回《ぜんかい》、大前先生《おおまえせんせい》が理科準備室《りかじゅんびしつ》の掃除《そうじ》をしたときだったんだ」

健太《けんた》は、ようやくナゾが解《と》けて思《おも》わず笑顔《えがお》になった。

「すごいよ、謎野《なぞの》くん！ さすが元《もと》ホームズ学園《がくえん》の生徒《せいと》だね！」

そう言《い》いながら、健太《けんた》はふと、真実《しんじつ》にたずねた。

「そういえば、謎野《なぞの》くんは、どうしてぼくに声《こえ》をかけてくれたの？ もしかして、ぼくに推《すい》理力《りりょく》があると見込《みこ》んでくれたとか？」

「べつに、キミを見込《みこ》んだわけじゃない。ただ――」

真実《しんじつ》は、健太《けんた》の目《め》をまっすぐに見《み》て、言葉《ことば》を続《つづ》けた。

「キミは、あの騒《さわ》がしい教室《きょうしつ》で、たったひとりだけ、転校生《てんこうせい》のぼくのことよりも人体模型《じんたいもけい》のナゾのほうに興味《きょうみ》を持《も》っていたからね」

そう言《い》われて、健太《けんた》はなんだかうれしくなった。そして、気《き》になっていたことを、思《おも》い切《き》って真実《しんじつ》に聞《き》いてみた。

「ねぇ、謎野《なぞの》くんは、どうしてこの学校《がっこう》に転校《てんこう》してきたの？」

「それは……」

真実《しんじつ》は急《きゅう》に真剣《しんけん》な顔《かお》つきになった。しかしすぐに首《くび》を横《よこ》に振《ふ》った。

「キミには関係《かんけい》ないことだ。じゃ、ぼくはこれで」

立《た》ち去《さ》ろうとする真実《しんじつ》に、健太《けんた》は思《おも》わず声《こえ》をかけた。


「謎野《なぞの》くん！　花森小学校《はなもりしょうがっこう》の七不思議《ななふしぎ》は、まだあと六《むっ》つ残《のこ》っているよ！」


真実《しんじつ》は立《た》ち止《ど》まって、ゆっくり振《ふ》り向《む》いた。

「ふうん、七不思議《ななふしぎ》ね……。その情報《じょうほう》は、まだぼくには入《はい》ってなかったな」

真実《しんじつ》の目《め》が、眼鏡越《めがねご》しにキラリと輝《かがや》いた。

I

SCIENCE TRICK DATA FILE

科学《かがく》トリックデータファイル

鏡《かがみ》に映《うつ》る世界《せかい》

人《ひと》が物《もの》を見《み》ることができるのは、目《め》に入《はい》ってきた光《ひかり》を脳《のう》が認識《にんしき》するからです《図《ず》1》。だから、光《ひかり》のまったくない暗闇《くらやみ》では、人《ひと》は物《もの》を見《み》ることができません。

鏡《かがみ》は、ほぼすべての光《ひかり》をはね返《かえ》す性質《せいしつ》があります。これを「反射《はんしゃ》」といいます。

鏡《かがみ》に自分《じぶん》の姿《すがた》を映《うつ》すと、鏡《かがみ》に当《あ》たった光《ひかり》が反射《はんしゃ》して、自分《じぶん》の目《め》に入《はい》ります《図《ず》2》。

《図《ず》1》物《もの》を見《み》るときは光《ひかり》を見《み》ている。

《図《ず》2》鏡《かがみ》を見《み》るときは鏡《かがみ》にはね返《かえ》った光《ひかり》を見《み》ている。

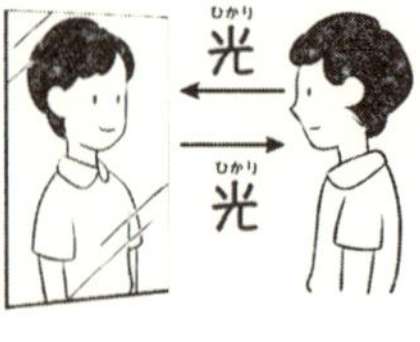

そのため、自分《じぶん》の姿《すがた》を自分《じぶん》の目《め》で見《み》ることができるのです。

鏡《かがみ》に映《うつ》った像《ぞう》が左右反対《さゆうはんたい》になるのは、ハンコと同《おな》じだと考《かんが》えることができます。ハンコの文字《もじ》は、左右《さゆう》が逆《ぎゃく》になっていますが、紙《かみ》にハンコを押《お》すと、左右《さゆう》が反転《はんてん》して正《ただ》しい文字《もじ》になります。これと同《おな》じで、鏡《かがみ》に映《うつ》ったものは、物《もの》の姿《すがた》がそのままペタッと鏡《かがみ》の表面《ひょうめん》に張《は》り付《つ》いたようなものなので、左右《さゆう》が反転《はんてん》して見《み》えるのです《図《ず》3》。

《図《ず》3》
左右《さゆう》が反転《はんてん》するのはハンコと同《おな》じ。

笑《わら》うベートーベン

学校《がっこう》の七《なな》不思議《ふしぎ》2

事件編《じけんへん》

「うむむ……謎野真実《なぞのしんじつ》くんは今日《きょう》もサボりですか」

朝《あさ》8時《じ》20分《ぷん》。6年《ねん》2組《くみ》の教室《きょうしつ》で、学級委員長《がっきゅういいんちょう》の杉田《すぎた》ハジメがつぶやいた。

春《はる》の恒例行事《こうれいぎょうじ》、クラス対抗《たいこう》の合唱大会《がっしょうたいかい》の練習《れんしゅう》が始《はじ》まっているのに、真実《しんじつ》はまだ一度《いちど》も練《れん》習《しゅう》に顔《かお》を出《だ》していない。今日《きょう》で4日連続《よっかれんぞく》のサボりだ。

ハジメは眉間《みけん》にシワを寄《よ》せ、わざとらしく大《おお》きな溜《た》め息《いき》をついた。

「は〜、しかたがないですね。今朝《けさ》の練習《れんしゅう》はここまでにしましょう」

杉田《すぎた》ハジメにクラスメートがひそかにつけたあだ名《な》は「マジメスギ」。

そんな彼《かれ》が指揮者《しきしゃ》をつとめる合唱《がっしょう》の練習《れんしゅう》に、サボり、遅刻《ちこく》は許《ゆる》されなかった。

「ホームズ学園《がくえん》から来《き》たエリートだかなんだか知《し》りませんが、クラスの規律《きりつ》を乱《みだ》す行為《こうい》は実《じつ》に不愉快《ふゆかい》です」

ハジメは手《て》にした指揮棒《しきぼう》で、ピシャリと楽譜《がくふ》をたたいた。


（謎野《なぞの》くん、早《はや》く来《こ》ないかなぁ）

朝《あさ》の練習《れんしゅう》を終《お》えた宮下健太《みやしたけんた》は、教室《きょうしつ》の入《い》り口《ぐち》で真実《しんじつ》が来《く》るのを待《ま》っていた。

健太《けんた》には、一刻《いっこく》も早《はや》く真実《しんじつ》に伝《つた》えたい話《はなし》があったのだ。

（この話《はなし》をしたら、きっと謎野《なぞの》くんも合《がっ》唱《しょう》の練習《れんしゅう》にとびつくぞ！）

そのとき、階段《かいだん》のほうから大《おお》きな声《こえ》がした。

「そ、それはいったいどういう意味《いみ》ですか!?」

いつでもどこでも「マジメスギ」な、ハジメの声《こえ》だ。

健太《けんた》が振《ふ》り向《む》くと、やれやれといった表情《ひょうじょう》で階段《かいだん》を上《のぼ》ってくる真実《しんじつ》の姿《すがた》が見《み》えた。

そのうしろから階段《かいだん》を駆《か》け上《あ》がってきたハジメが、真実《しんじつ》の背中《せなか》をいまいましそうににらみつけている。

「どうしたの？　何《なに》かあったの？」

健太《けんた》が声《こえ》をかけると、真実《しんじつ》はサラリと髪《かみ》をかきあげた。

「合唱《がっしょう》の練習《れんしゅう》に出《で》ろって、あまりうるさいから、本当《ほんとう》のことを教《おし》えてあげたんだ」

「ホントのこと？」

「ぼくは、探偵《たんてい》に必要《ひつよう》なこと以外《いがい》は興味《きょうみ》がない。それに、ぼくが練習《れんしゅう》に参加《さんか》する以前《いぜん》に、クラスの気持《きも》ちがバラバラな今《いま》のままじゃ、優勝《ゆうしょう》はできないってね」

その言葉《ことば》に、健太《けんた》はドキリとした。

「バラバラって……。一度《いちど》も練習《れんしゅう》に来《き》てないのに、どうしてそんなことがわかるの？」

「簡単《かんたん》な推理《すいり》さ。彼女《かのじょ》を見《み》れば、だいたいのようすはわかる」

真実《しんじつ》は、教室《きょうしつ》の入《い》り口《ぐち》を指《ゆび》さした。

その先《さき》には、ピアノ担当《たんとう》の琴音《ことね》ちはるがいた。

ひとり、うつむいたまま、自分《じぶん》の席《せき》に座《すわ》っている。

「合唱《がっしょう》の練習《れんしゅう》が始《はじ》まってから、ずっとあの調子《ちょうし》だ。みんなが彼女《かのじょ》を避《さ》けている。つまり、彼《かの》女《じょ》の伴奏《ばんそう》が原因《げんいん》で、合唱《がっしょう》の練習《れんしゅう》に問題《もんだい》が起《お》きてるってことだ」

健太《けんた》は驚《おどろ》いた。すべて真実《しんじつ》の言《い》うとおりだった。

「そうなんだよ。琴音《ことね》さん、おとなしくてやさしいから、ピアノも押《お》しつけられちゃったんだ。でも自信《じしん》がないみたいで、ちょっとミスしただけで演奏《えんそう》をストップしちゃうんだよ。だから練習《れんしゅう》がなかなか進《すす》まなくて……」

ちはるは思《おも》いつめた表情《ひょうじょう》で課題曲《かだいきょく》の楽譜《がくふ》を見《み》つめている。

真実《しんじつ》は、ふと思《おも》い出《だ》したように言《い》った。

「そういえば、明日《あす》の朝《あさ》から音楽室《おんがくしつ》で練習《れんしゅう》が始《はじ》まるんだったね。そこにはぼくも行《い》くつもりだよ」

「えっ!? ホント？」

「ああ。キミは、そのことをぼくに伝《つた》えたかったんじゃないのかい？」

「そ、そうなんだ！ だって音楽室《おんがくしつ》には……」


「七不思議《ななふしぎ》のナゾがある」


思《おも》わず健太《けんた》は息《いき》をのんだ。

（謎野《なぞの》くんはとっくに知《し》ってたんだ！）

「ふだん音楽室《おんがくしつ》には鍵《かぎ》がかかっている。だから、音楽室《おんがくしつ》に自由《じゆう》に入《はい》れる合唱《がっしょう》の練習《れんしゅう》は、ナゾを解《と》く絶好《ぜっこう》のチャンスだ。違《ちが》うかい？」

「そうそう！ それを謎野《なぞの》くんに言《い》おうとしてたんだ！」

「それなら、現場《げんば》を見《み》る前《まえ》に詳《くわ》しい情報《じょうほう》を知《し》っておきたい。音楽室《おんがくしつ》の七不思議《ななふしぎ》について、キミの知《し》っていることを聞《き》かせてもらえるかな」

ベートーベン
「楽聖《がくせい》」と呼《よ》ばれる、ドイツの天才的作曲《てんさいてきさっきょく》家《か》。20代後半《だいこうはん》で耳《みみ》の病《やまい》にかかり、40代後半《だいこうはん》には完全《かんぜん》に耳《みみ》が聞《き》こえなくなったが、その後《ご》も作曲《さっきょく》を続《つづ》けた。代表《だいひょう》作《さく》は、交響曲《こうきょうきょく》「英雄《えいゆう》」「運命《うんめい》」「第《だい》9番《ばん》合唱《がっしょう》付《つ》き（第九《だいく》）」など。

その言葉《ことば》に、健太《けんた》は目《め》を輝《かがや》かせ、身《み》を乗《の》り出《だ》して話《はな》しはじめた。

「実《じつ》はね、音楽室《おんがくしつ》にあるベートーベンの肖像画《しょうぞうが》には、男《おとこ》の子《こ》の霊《れい》がとりついてるって言《い》われてるんだ……」


その日《ひ》の放課後《ほうかご》。

音楽室《おんがくしつ》には、ひとりでピアノの練習《れんしゅう》を続《つづ》けるちはるの姿《すがた》があった。

合唱大会《がっしょうたいかい》まであと1週間《しゅうかん》。ちはるは、少《すこ》しでも練習《れんしゅう》をしたいと大前先生《おおまえせんせい》に頼《たの》んで、特別《とくべつ》に音楽室《おんがくしつ》を開《あ》けてもらっていたのだ。

（わたしががんばらないと、クラスのみんなに迷惑《めいわく》をかけちゃう）

ちはるは繰《く》り返《かえ》し、繰《く》り返《かえ》し、課題曲《かだいきょく》を弾《ひ》いた。

ふと気《き》がつくと、あたりが暗《くら》くなっていた。

壁《かべ》の時計《とけい》は夜《よる》の7時《じ》をさしている。

窓《まど》の外《そと》は日《ひ》が暮《く》れて、三日月《みかづき》が出《で》ていた。

不気味《ぶきみ》な静《しず》けさの中《なか》、ちはるの脳裏《のうり》に、音楽室《おんがくしつ》に伝《つた》わる七不思議《ななふしぎ》の話《はなし》が浮《う》かんだ。

それは今《いま》から20年前《ねんまえ》の、春《はる》の合唱大会《がっしょうたいかい》の日《ひ》のこと――。

ひとりの男《おとこ》の子《こ》が、ピアノの演奏中《えんそうちゅう》に小《ちい》さなミスをした。

あわてて続《つづ》きを弾《ひ》こうとしたが、観客席《かんきゃくせき》の生徒《せいと》に笑《わら》われ、それ以《い》上演奏《じょうえんそう》することができなくなってしまった。

傷《きず》ついた男《おとこ》の子《こ》は、その夜《よる》、自殺《じさつ》してしまったという。

それ以来《いらい》、春《はる》の夜《よ》に音楽室《おんがくしつ》でピアノを弾《ひ》く生徒《せいと》がいると、その演奏《えんそう》をあざ笑《わら》うかのように、ベートーベンの肖像画《しょうぞうが》が笑《わら》うというのだ。

そして、その笑《わら》うベートーベンを見《み》た生徒《せいと》は指《ゆび》が動《うご》かなくなり、二度《にど》とピアノが弾《ひ》けなくなってしまう——。

ちはるの背筋《せすじ》に寒気《さむけ》が走《はし》った。

ベートーベンの肖像画《しょうぞうが》は、ピアノを弾《ひ》くちはるの正面《しょうめん》——音楽室《おんがくしつ》のうしろの壁《かべ》に「額縁《がくぶち》」に入《い》れられて飾《かざ》ってある。しかし、ちはるは怖《こわ》くて目《め》をふせたままでいた。

(……もう一度《いちど》練習《れんしゅう》しなきゃ。七不思議《ななふしぎ》なんて、きっとウソよ)

ちはるは、恐怖《きょうふ》を追《お》い払《はら》うかのように、鍵盤《けんばん》に手《て》をかけようとした。

その瞬間《しゅんかん》——ちはるの視界《しかい》の端《はし》で、何《なに》かがキラリと光《ひか》った。

(何《なに》!?)

おそるおそる顔《かお》をあげたちはるの目《め》が、ベートーベンの肖像画《しょうぞうが》の上《うえ》でピタリと止《と》まった。

(そ、そんな……!!)

ベートーベンの肖像画《しょうぞうが》は、異様《いよう》な表情《ひょうじょう》に変《か》わっていた。
化《ば》け猫《ねこ》のように耳元《みみもと》まで するどく裂《さ》けた口《くち》。
ランランと輝《かがや》く見開《みひら》かれたふたつの瞳《ひとみ》。
それはまるで、ちはるをあざ笑《わら》っているかのような恐《おそ》ろしい笑顔《えがお》だった。

「キャーッ」

ちはるはあわてて教室《きょうしつ》を飛《と》び出《だ》した。

翌朝《よくあさ》の音楽室《おんがくしつ》。

指揮棒《しきぼう》を手《て》にした「マジメスギ」が目《め》を丸《まる》くしていた。

朝《あさ》の練習《れんしゅう》に集《あつ》まった生徒《せいと》たちの中《なか》に、真実《しんじつ》の姿《すがた》を見《み》つけたのである。

「これは驚《おどろ》きです。ついにやる気《き》になってくれたんですね！　謎野《なぞの》くん」

真実《しんじつ》は、表情《ひょうじょう》を変《か》えずにうなずいた。

「合唱《がっしょう》のパートはどこがいいですか？　テノール？　それともバス？」

「そうだな……ぼくの声域《せいいき》はC《シー》5からC《シー》6でね。前《まえ》の学校《がっこう》ではコントラテノーレ専門《せんもん》だったから、ヘッドボイスでよければなんとか歌《うた》えると思《おも》うよ」

ハジメの目《め》は点《てん》になった。もちろん健太《けんた》の目《め》も。

「コ、コントラッテ……？」

「じゃなくて、コントラテノーレ。専用《せんよう》の楽譜《がくふ》、もちろんあるよね？」

もちろん、そんな楽譜《がくふ》があるはずもなく、真実《しんじつ》は見学《けんがく》となった。

コントラテノーレ
テノールよりも高《たか》く、女性《じょせい》の低《ひく》めの声《こえ》（アルト）と同《おな》じくらいの音域《おんいき》。「カウンターテナー」ともいう。

ヘッドボイス
裏声《うらごえ》の一種《いっしゅ》とされるが、裏声《うらごえ》よりも地声《じごえ》に近《ちか》い声《こえ》で歌《うた》える方法《ほうほう》。

その上《うえ》、開始時間《かいしじかん》を過《す》ぎても、ピアノ担当《たんとう》のちはるが姿《すがた》を見《み》せない。

「ああ〜もう、これじゃあ、ちっとも練習《れんしゅう》になりません！」

仕方《しかた》なくパート別《べつ》の練習《れんしゅう》を始《はじ》めたが、ハジメはいつにもまして不機嫌《ふきげん》だった。

休憩時間《きゅうけいじかん》。ベートーベンの肖像画《しょうぞうが》を見《み》つめる真実《しんじつ》のそばに健太《けんた》が飛《と》んできた。

「どう、ナゾは解《と》けた？」

真実《しんじつ》は、肖像画《しょうぞうが》から目《め》をそらさずに答《こた》えた。

「キミは、お札《さつ》を折《お》り曲《ま》げて遊《あそ》んだことはあるかい？」

「千円札《せんえんさつ》の野口英世《のぐちひでよ》の絵《え》がヘン顔《がお》に見《み》えるやつ？　もちろんあるよ」

「古《ふる》い肖像画《しょうぞうが》が笑《わら》ったなんてうわさは、ほとんどがあれと同《おな》じ原理《げんり》で起《お》きる見間違《みまちが》いなんだ。古《ふる》くなった紙《かみ》は、折《お》れたり、曲《ま》がったりしてるからね」

「じゃあ、このベートーベンの肖像画《しょうぞうが》も？」

真実《しんじつ》の顔《かお》が少《すこ》しけわしくなった。

「いや。紙《かみ》は古《ふる》いが、折《お》り目《め》どころか、シワひとつない。その上《うえ》、額縁《がくぶち》に入《はい》ってガラスはピカピカに磨《みが》かれている。見間違《みまちが》いは起《お》こりえない」

「……てことは、やっぱり男《おとこ》の子《こ》の霊《れい》のしわざ⁉　だから合唱大会《がっしょうたいかい》がある春《はる》の夜《よ》に肖像画《しょうぞうが》が笑《わら》うんだ！」

「キミは本当《ほんとう》に非科学的《ひかがくてき》だね」

あきれ顔《がお》でそうつぶやくと、真実《しんじつ》は教室《きょうしつ》の窓《まど》に目《め》をむけた。

朝《あさ》のやわらかな光《ひかり》が差《さ》し込《こ》んでいる。

「音楽室《おんがくしつ》のカーテンはいつも開《あ》いてるのかい？」

「そうだと思《おも》うよ。今朝《けさ》、ぼくが来《き》たときにはもう開《あ》いてたし」

野口英世《のぐちひでよ》
福島県出身《ふくしまけんしゅっしん》の世界的《せかいてき》な細菌学者《さいきんがくしゃ》。アフリカで黄熱病《おうねつびょう》の研究中《けんきゅうちゅう》に、自身《じしん》も黄熱病《おうねつびょう》にかかり、51歳《さい》で亡《な》くなった。

お札《さつ》に肖像画《しょうぞうが》が使《つか》われる理由《りゆう》
人間《にんげん》は人《ひと》の顔《かお》を見分《みわ》けることに慣《な》れているため。顔《かお》がほんの少《すこ》しでも違《ちが》っていれば気《き》づきやすいので、ニセ札《さつ》の防止《ぼうし》に役立《やくだ》つという。

「なるほど」

真実《しんじつ》は窓辺《まどべ》に近《ちか》づいた。

音楽室《おんがくしつ》は西校舎《にしこうしゃ》2階《かい》にある。

窓《まど》からは広《ひろ》い空《そら》と学校《がっこう》の前《まえ》を流《なが》れる大《おお》きな川《かわ》が見渡《みわた》せた。

「何《なに》か理由《りゆう》があるはずだ。春《はる》の夜《よ》に肖像画《しょうぞうが》が笑《わら》う、科学的《かがくてき》な理由《りゆう》が……」

真実《しんじつ》は空《そら》を見上《みあ》げ、考《かんが》え込《こ》んでいた。

そのとき、音楽室《おんがくしつ》に、ハジメの大声《おおごえ》が響《ひび》いた。

「琴音《ことね》さん！　遅《おそ》いじゃないですか！　早《はや》く中《なか》へ入《はい》ってください！」

健太《けんた》が振《ふ》り向《む》くと、教室《きょうしつ》の入《い》り口《ぐち》にちはるが立《た》っていた。

その顔《かお》は何《なに》かにおびえたように青《あお》ざめ、小《ちい》さく震《ふる》えていた。

「ホ、ホントに!?　ゆうべ、ベートーベンが笑《わら》ったんだね？」

音楽室《おんがくしつ》の外《そと》の廊下《ろうか》で、6年《ねん》2組《くみ》の一同《いちどう》が、ちはるからゆうべの出来事《できごと》を聞《き》いていた。

驚《おどろ》いて声《こえ》が裏返《うらがえ》った健太《けんた》の質問《しつもん》に、ちはるは泣《な》きそうな顔《かお》でうなずいた。

「何《なに》かがキラリと光《ひか》った気《き》がして顔《かお》をあげたの。そうしたらベートーベンの顔《かお》が……」

あれ以来《いらい》、ちはるの頭《あたま》にはベートーベンの恐《おそ》ろしい笑顔《えがお》がこびりつき、指先《ゆびさき》が震《ふる》え、力《ちから》を入《い》れることすらできなくなった。

「……ごめんなさい。わたし、もうピアノは弾《ひ》けない。……怖《こわ》いの」

ちはるは震《ふる》える声《こえ》でそう言《い》った。

健太《けんた》は背筋《せすじ》がゾッとするのを感《かん》じた。

(ウワサと同《おな》じだ。笑《わら》うベートーベンを見《み》た人《ひと》は、二度《にど》とピアノが弾《ひ》けなくなる……)


ハジメが、ちはるのそばに駆《か》け寄《よ》って言《い》った。

「いいかげんにしてほしいですね。肖像画《しょうぞうが》が笑《わら》うわけがない。ピアノがうまく弾《ひ》けないからって、そんなウソをついてごまかす気《き》ですか!?」

「ウソじゃないわ。わたし、ほんとに見《み》たの!」

顔《かお》をあげたちはるの目《め》は、真剣《しんけん》そのものだった。

それを見《み》た健太《けんた》は、思《おも》わずこぶしを握《にぎ》りしめた。

（どうして琴音《ことね》さんを信《しん》じてあげないんだ。七不思議《ななふしぎ》はホントにあるのに）

そのとき——。

「琴音《ことね》ちはるさんは、ウソなんかついてない」

音楽室《おんがくしつ》の中《なか》から声《こえ》がした。

みんなが振《ふ》り向《む》くと、そこには真実《しんじつ》が立《た》っていた。

ハジメが鼻《はな》で笑《わら》うように言《い》う。

「まさか、キミまで笑《わら》うベートーベン

を見《み》たなんて言《い》う気《き》じゃないでしょうね？」

「いいや、見《み》てない」

「ほ〜、だったらどうして、ウソじゃないって断言《だんげん》できるんですか？」

真実《しんじつ》は静《しず》かに髪《かみ》をかきあげると、みんなのほうへ歩《ある》きはじめた。

「推理《すいり》だよ。琴音《ことね》さんの話《はなし》を聞《き》いてピンときたんだ」

ハジメは顔《かお》をしかめた。

「この世《よ》に科学《かがく》で解《と》けないナゾはない。ぼくの推理《すいり》が正《ただ》しければ、琴音《ことね》さんは確《たし》かにベートーベンが笑《わら》う姿《すがた》を目撃《もくげき》している。そしてもうひとつ……」

全員《ぜんいん》の目《め》が、真実《しんじつ》に集《あつ》まった。


「今夜《こんや》もベートーベンは笑《わら》うはずだ」

みんなのどよめきが広《ひろ》がった。

「なんだって!?」

健太《けんた》は、信《しん》じられないという顔《かお》で真実《しんじつ》を見《み》つめた。

「ベートーベンは、なぜ『春《はる》の夜《よ》』に笑《わら》うのか？　今晩《こんばん》7時《じ》、みんなで見《み》てみないか？」

ハジメは声《こえ》に出《だ》して笑《わら》った。

「ハッハッハ、それはおもしろいですね。ですが、もしベートーベンが笑《わら》わなかったら？」

「キミの言《い》うことをなんでも聞《き》くよ」

「それじゃあ、キミが負《ま》けたら、毎日練習《まいにちれんしゅう》に参加《さんか》してもらいますよ。準備《じゅんび》と片《かた》づけもキミの仕事《しごと》。パートはもちろん、ただのテノールです」

「ああ。いいよ」

真実《しんじつ》は、顔色《かおいろ》ひとつ変《か》えずに答《こた》えた。

6年《ねん》2組《くみ》の教室《きょうしつ》へ戻《もど》る真実《しんじつ》を、健太《けんた》はあわてて追《お》いかけた。

「待《ま》ってよ謎野《なぞの》くん！　あんな約束《やくそく》して、だいじょうぶなの？」

「心配《しんぱい》はいらない。ナゾはすべて解《と》けたよ」

「ホントに!?」

「琴音《ことね》さんはさっき、ベートーベンが笑《わら》う前《まえ》に何《なに》かが光《ひか》った気《き》がしたって言《い》っただろう？

それでピンときたのさ。ナゾを解《と》く鍵《かぎ》は、暗闇《くらやみ》の中《なか》で『光《ひか》り輝《かがや》く何《なに》か』だってね」

「光《ひか》り輝《かがや》く、何《なに》か……？」

「あとは夜《よる》のお楽《たの》しみだ」

真実《しんじつ》はクルリと向《む》きを変《か》えると、ひとりで先《さき》に行《い》ってしまった。

解《かい》決《けつ》編《へん》

その夜《よる》。

音楽室《おんがくしつ》に、真実《しんじつ》、健太《けんた》、ハジメのほか、６年《ねん》２組《くみ》の生徒《せいと》たちが集《あつ》まっていた。

しかし、ちはるは戸口《とぐち》で震《ふる》えたまま、中《なか》に入《はい》れずにいた。

そんなちはるに、健太《けんた》が笑顔《えがお》で声《こえ》をかける。

「だいじょうぶだって。謎野《なぞの》くんが笑《わら》うベートーベンのナゾを必《かなら》ず解《と》いてくれるよ」

その言葉《ことば》に、ちはるは震《ふる》える足《あし》をゆっくりと踏《ふ》み出《だ》した。

ちはるが音楽室《おんがくしつ》の中《なか》を見渡《みわた》すと、窓《まど》のカーテンがすべて閉《と》じられていた。

壁《かべ》の時計《とけい》は７時《じ》を回《まわ》ろうとしている。

「時間《じかん》だ。それじゃあ、始《はじ》めよう。みんな、ピアノの近《ちか》くに集《あつ》まってくれないか」

そう言《い》って真実《しんじつ》が電気《でんき》を消《け》すと、音楽室《おんがくしつ》は暗闇《くらやみ》につつまれた。

「謎野《なぞの》くん、例《れい》の約束《やくそく》、忘《わす》れてないですよね？」

ハジメの声《こえ》が聞《き》こえた。

真実《しんじつ》は無言《むごん》のまま、窓《まど》に歩《あゆ》み寄《よ》りカーテンに手《て》をかけた。

「ぼくの推理《すいり》が正《ただ》しければ、このカーテンを開《あ》けたとき、ベートーベンは笑《わら》うはずだ」

健太《けんた》はゴクリとつばをのんだ。
ちはるは不安《ふあん》げな表情《ひょうじょう》で真実《しんじつ》を見《み》つめている。

シャッ！
鋭《するど》い音《おと》と共《とも》にカーテンが開《ひら》かれ、月明《つきあ》かりが室内《しつない》を照《て》らした。
生徒《せいと》たちはいっせいに、音楽室《おんがくしつ》のうしろの壁《かべ》のベートーベンの肖《しょう》像画《ぞうが》に注目《ちゅうもく》した。
その瞬間《しゅんかん》、ベートーベンの肖像《しょうぞう》画《が》が入《はい》った額縁《がくぶち》がまばゆく輝《かがや》いた。

「あっ、見《み》て！」
誰《だれ》かが叫《さけ》んだ。

ベートーベンの肖像画《しょうぞうが》の口《くち》は、耳《みみ》までパックリと割《わ》れていた。口《くち》の両端《りょうたん》はするどくピンと切《き》り立《た》ち、見《み》る者《もの》を冷《つめ》たくあざ笑《わら》うかのような、恐《おそ》ろしい笑顔《えがお》を浮《う》かべている。

「ベートーベンが笑《わら》った!?」

健太《けんた》は息《いき》をのんだ。

「そ、そんな。いったいどうして?」

ハジメは声《こえ》を震《ふる》わせていた。

真実《しんじつ》は、表情《ひょうじょう》を変《か》えずに窓《まど》の外《そと》を指《ゆび》さした。

「ナゾを解《と》く鍵《かぎ》は春《はる》の夜空《よぞら》にあったんだ」

「春《はる》の夜空《よぞら》?」

健太《けんた》は真実《しんじつ》のほうを見《み》た。

「そう。今夜《こんや》は三日月《みかつき》だ。ベートーベンが笑《わら》ったように見《み》えたのは、夜空《よぞら》の三日月《みかつき》が、肖像《しょうぞう》画《が》の口元《くちもと》にぴったり重《かさ》なって映《うつ》ったからなんだ」

「はあ？　バカバカしい。それがキミの推理《すいり》ですか？　デタラメもいいところです」

あきれた顔《かお》をして、ハジメが口《くち》をはさんだ。

「考《かんが》えてみてください。三日月《みかづき》の形《かたち》は縦長《たてなが》です。それが肖像画《しょうぞうが》に映《うつ》っても、笑《わら》ったように見《み》えるワケがないでしょう」

「そう思《おも》うかい？　なら、自分《じぶん》の目《め》で空《そら》を見《み》てみるといい」

ハジメを先頭《せんとう》に、一同《いちどう》は夜空《よぞら》を見上《みあ》げた。

「あっ！」

そこには、不思議《ふしぎ》な形《かたち》の三日月《みかつき》が浮《う》かんでいた。

まるで寝転《ねころ》ぶように、夜空《よぞら》に横《よこ》たわっている。

その形《かたち》を見《み》て、健太《けんた》はつぶやいた。

「なんだか月《つき》が笑《わら》ってるみたいだ。この月《つき》がベートーベンの口《くち》に映《うつ》ってたんだね」

真実《しんじつ》はうなずき、一同《いちどう》を見渡《みわた》した。

「三日月《みかづき》から満月《まんげつ》へ、月《つき》の形《かたち》が毎晩《まいばん》少《すこ》しずつ変《か》わっているのは知《し》ってるだろう？　それと同時《どうじ》に、月《つき》の傾《かたむ》きも少《すこ》しずつ変《か》わっているんだ。秋《あき》の三日月《みかづき》は、まっすぐピンと立《た》って見《み》えるけど、春《はる》の三日月《みかづき》は、見《み》てのとおり、空《そら》に寝転《ねころ》んだ形《かたち》に見《み》えるのさ」

「……月《つき》の光《ひかり》。だからあのとき、キラリと光《ひか》って見《み》えたのね」

三日月《みかづき》

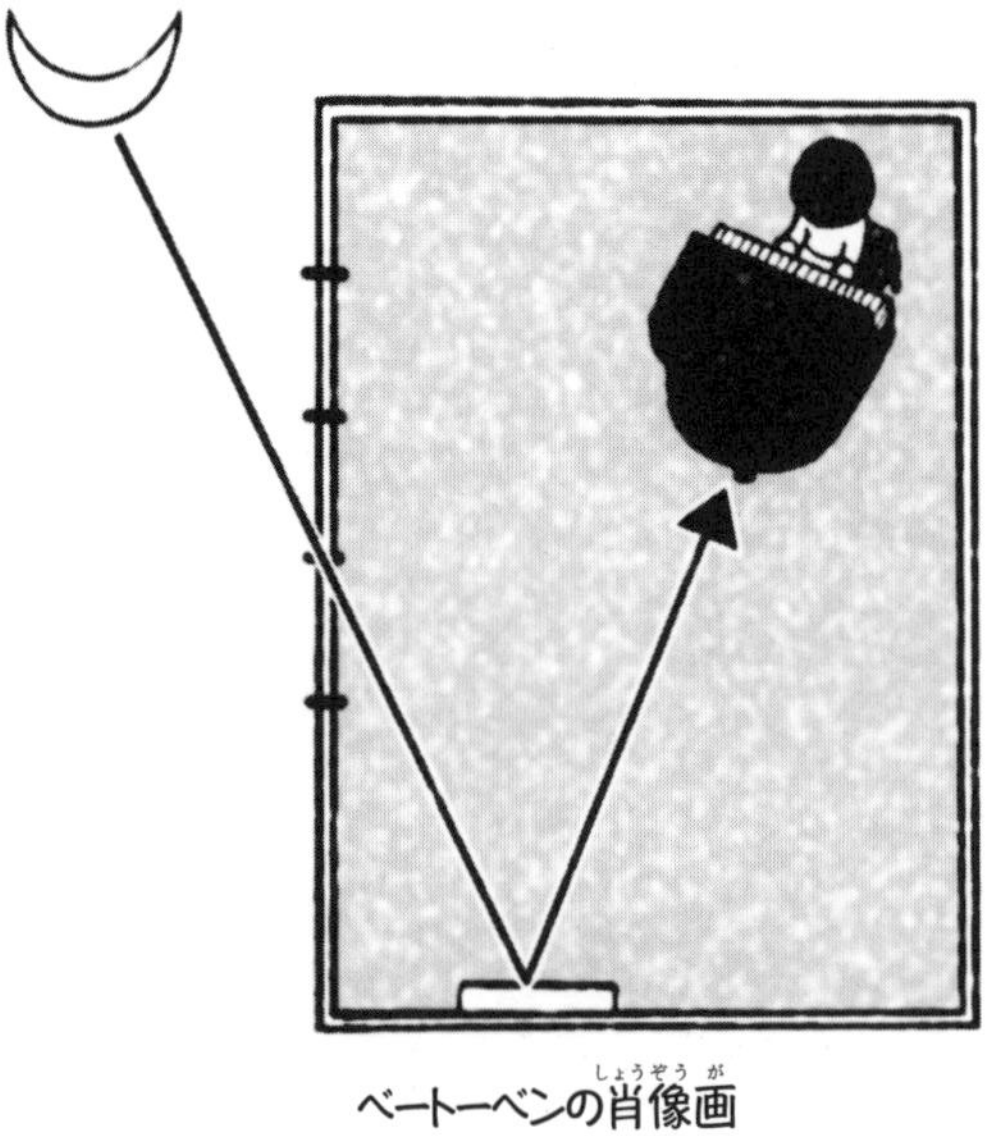

ベートーベンの肖像画《しょうぞうが》

思《おも》い出《だ》したようにちはるがつぶやいた。

「そう。これが春《はる》の夜《よ》に笑《わら》うベートーベンのナゾの答《こた》えだよ」

「すごいよ！　やっぱり謎野《なぞの》くんは名探偵《めいたんてい》だ！」

健太《けんた》は、またひとつ七不思議《ななふしぎ》のナゾが解《と》けたことに興奮《こうふん》していた。

ハジメは、真実《しんじつ》の前《まえ》に歩《あゆ》み出《で》てバツが悪《わる》そうに言《い》った。

「……くやしいですが、どうやらワタシの負《ま》けのようですね」

「いや。推理《すいり》はこれで終《お》わりじゃない。続《つづ》きがあるんだ」

「推理《すいり》の続《つづ》き？　どういうことです？」

「笑《わら》うベートーベンは、暗《くら》い場所《ばしょ》でしか見《み》られない。ゆうべ琴音《ことね》さんがこれを見《み》たということは……キミたちならどんな推理《すいり》をする？」

健太《けんた》の頭《あたま》に、ある光景《こうけい》が浮《う》かんだ。

それは、窓《まど》の外《そと》が暗《くら》くなっても、それに気《き》づかず、懸命《けんめい》にピアノの練習《れんしゅう》を続《つづ》けるちはるの姿《すがた》だった。

「わかった！　琴音《ことね》さんは一生懸命《いっしょうけんめい》ピアノを練習《れんしゅう》してたってことだよ。部屋《へや》が暗《くら》くなるのにも気《き》づかないくらい集中《しゅうちゅう》してたんだ！」

その言葉《ことば》を聞《き》いたハジメは、ちはるに頭《あたま》を下《さ》げた。

「昼間《ひるま》はひどいことを言《い》ってしまって……。今《いま》からでも、みんなで力《ちから》を合《あ》わせましょう。自《じ》信《しん》を持《も》って弾《ひ》けば、きっとうまくいくハズです」

「うん……わたし、がんばるね」

ちはるはニコリとほほえんだ。

「それじゃあ、さっそく今《いま》からみんなで合唱《がっしょう》の練習《れんしゅう》をしませんか？　謎野《なぞの》くんも一緒《いっしょ》に」

ハジメは真実《しんじつ》のほうを振《ふ》り向《む》いた。しかし、そこに真実《しんじつ》の姿《すがた》はなかった。

「あれ？　謎野《なぞの》くん、どこですか？」

みんなで真実《しんじつ》を捜《さが》したが、どこにもいない。

ハジメが大《おお》まじめに言《い》った。

「やれやれ。彼《かれ》はコントラテノーレなんかじゃない、合唱《がっしょう》ぎらいのスタコラニゲーロです」

「マジメスギ」の突然《とつぜん》の冗談《じょうだん》にみんな大笑《おおわら》いした。ちはるも、健太《けんた》も笑《わら》った。

（今年《ことし》の合唱大会《がっしょうたいかい》はきっとうまくいくぞ）

健太《けんた》には、そんな予感《よかん》がしていた。

2

SCIENCE TRICK DATA FILE

科学《かがく》トリック データファイル

月《つき》が欠《か》ける秘密《ひみつ》

新月《しんげつ》、三日月《みかづき》、半月《はんげつ》、満月《まんげつ》など、月《つき》は、日《ひ》ごとにその形《かたち》を変《か》えていきます。これは、月《つき》が自分《じぶん》で光《ひか》っているのではなく、太陽《たいよう》の光《ひかり》に照《て》らされた部分《ぶぶん》だけが明《あか》るく見《み》えるためです。月《つき》の位置《いち》が変《か》わると、太陽《たいよう》に照《て》らされる部分《ぶぶん》が変《か》わり、月《つき》の形《かたち》が変《か》わって見《み》えるのです。

月《つき》は、新月《しんげつ》から、少《すこ》しずつふくらんでいき、やがて満月《まんげつ》になります。満月《まんげつ》を過《す》ぎると、また少《すこ》しずつ欠《か》けはじめ、再《ふたた》び新月《しんげつ》に戻《もど》ります。月《つき》は、このような満《み》ち欠《か》けを約《やく》30日周期《にちしゅうき》で繰《く》り返《かえ》しています。

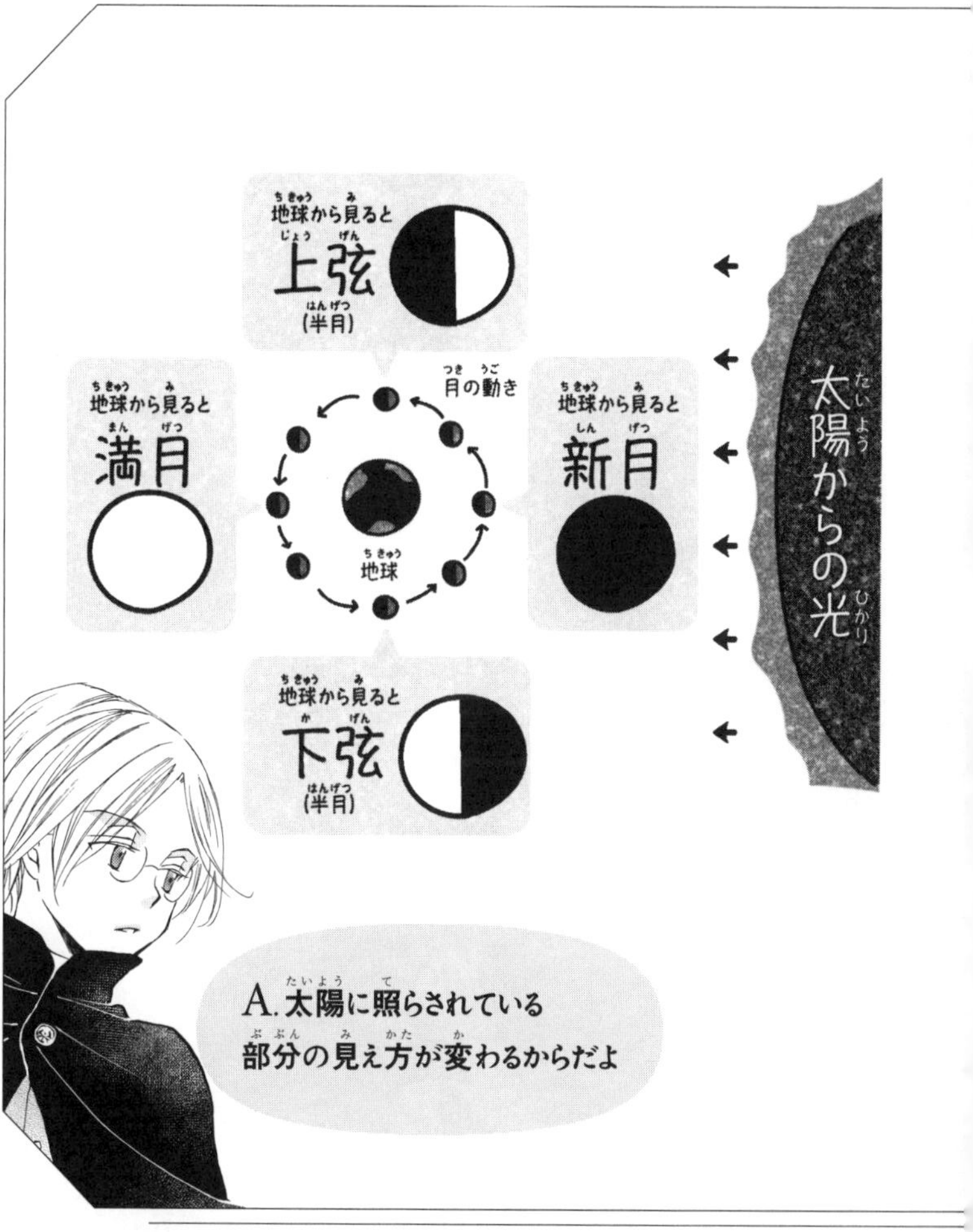
地球《ちきゅう》から見《み》ると
上弦《じょうげん》
(半月《はんげつ》)
月《つき》の動《うご》き
地球《ちきゅう》から見《み》ると
満月《まんげつ》
地球《ちきゅう》から見《み》ると
新月《しんげつ》
地球《ちきゅう》
地球《ちきゅう》から見《み》ると
下弦《かげん》
(半月《はんげつ》)
太陽《たいよう》からの光《ひかり》
A.太陽《たいよう》に照《て》らされている
部分《ぶぶん》の見《み》え方《かた》が変《か》わるからだよ

小《ちい》さなおじさん

学校《がっこう》の七不思議《ななふしぎ》3

事件編《じけんへん》

「ちょっと健太《けんた》くん、来《き》てよ！」

給食《きゅうしょく》を食《た》べ終《お》えた宮下健太《みやしたけんた》が、校庭《こうてい》に出《で》ようと廊下《ろうか》を急《いそ》いで歩《ある》いていると、6年《ねん》1組《くみ》の青井美希《あおいみき》に呼《よ》び止《と》められた。

美希《みき》は、健太《けんた》と保育園《ほいくえん》から一緒《いっしょ》で、家《いえ》が近所《きんじょ》の幼《おさな》なじみだ。

そして、伝統《でんとう》ある新聞部《しんぶんぶ》の部長《ぶちょう》でもある。

「花森小新聞《はなもりしょうしんぶん》」は、最近《さいきん》は七不思議《ななふしぎ》の記事《きじ》で、とても人気《にんき》だ。おかげで美希《みき》は学校《がっこう》で、ちょっとした有名人《ゆうめいじん》だ。

「ぼく、今《いま》から友達《ともだち》と校庭《こうてい》でサッカーを……」

「そんなのいつでもできるでしょ、早《はや》く来《き》て！」

美希《みき》は健太《けんた》を引《ひ》っ張《ぱ》って旧校舎《きゅうこうしゃ》にある新聞部《しんぶんぶ》の部室《ぶしつ》まで連《つ》れていった。

「もう……美希《みき》ちゃんは強引《ごういん》だなぁ」

美希《みき》は部室《ぶしつ》の窓《まど》や扉《とびら》を閉《し》め、黒《くろ》く分厚《ぶあつ》い暗幕《あんまく》カーテンまで閉《し》めた。

健太《けんた》は急《きゅう》に、ドキドキしはじめた。

(ええっ？　いったい、何《なに》をするつもりなんだろ)

美希《みき》は辞書《じしょ》や卒業《そつぎょう》アルバムなど、新聞部《しんぶんぶ》の資料《しりょう》が並《なら》んでいるスチール棚《だな》の前《まえ》に行《い》くと、鍵《かぎ》のかかった引《ひ》き戸《ど》を開《あ》け、何《なに》かを取《と》り出《だ》した。

「健太《けんた》くん、いい？　驚《おどろ》いて大《おお》きな声出《こえだ》さないでよ」

「え？　なんなの、いったい」

健太《けんた》は思《おも》わずつばをゴクリとのみこむ。

「これを見《み》て!!」

と美希《みき》はいきなり健太《けんた》の前《まえ》に、その何《なに》かを差《さ》し出《だ》した！

暗幕《あんまく》カーテン
99・99パーセント以《い》上《じょう》の光《ひかり》をさえぎるカーテン。視聴覚室《しちょうかくしつ》の窓《まど》などによく使《つか》われている。

「うわ〜ッ!」

美希《みき》の勢《いきお》いに驚《おどろ》いて反射的《はんしゃてき》にのけぞる健太《けんた》。

「ちょっと……。ちゃんと見《み》てから驚《おどろ》きなさいよ」

「ごめん、ぼく、めちゃくちゃビビリだから」

落《お》ち着《つ》いた健太《けんた》があらためて見《み》ると、それは1枚《まい》の写真《しゃしん》だった。校庭《こうてい》に座《すわ》ってクラスメートとお弁当《べんとう》を食《た》べている健太《けんた》が写《うつ》っている。

「なんだ、ぼくの写真《しゃしん》じゃない

か。美希《みき》ちゃんが撮《と》ったの？」

「そうよ、こないだの球技大《きゅうぎたい》会《かい》で、新聞《しんぶん》にのせるために撮《と》った写真《しゃしん》の1枚《まい》よ。

それ見《み》ていて、何《なに》か気《き》づかない？」

美希《みき》は真剣《しんけん》な表情《ひょうじょう》で健太《けんた》を見《み》つめる。

（なんだろ？　もしかして美希《みき》ちゃんは、ぼくに写真《しゃしん》をほめてほしいのかな）

口《くち》ベタな健太《けんた》だが、がんばってお世辞《せじ》を言《い》うことを心《こころ》に決《き》めた。

「や、やっぱり美希《みき》ちゃんすごいなぁ～。センスあるなぁ～」

「そんなの当《あ》たり前《まえ》でしょ！　それよりなんで気《き》づかないのよ、ほら、よく見《み》て。ここよ」

と美希《みき》が指《ゆび》さしたのは笑顔《えがお》の健太《けんた》の肩《かた》あたりだった。

そこには、小《ちい》さい真《ま》っ黒《くろ》な人影《ひとかげ》が写《うつ》っている。

「えっ？　これ……」

健太《けんた》は背筋《せすじ》がゾクリとするのを感《かん》じた。

健太《けんた》の肩《かた》に、握《にぎ》りこぶしほどの大《おお》きさの、黒《くろ》い服《ふく》を着《き》た中年男性《ちゅうねんだんせい》が、がっくりとうなだれるように座《すわ》っている。顔《かお》は判別《はんべつ》できないが、頭髪《とうはつ》は薄《うす》いように見《み》える。

「健太《けんた》くん、これってあれだよね？」

「小《ちい》さなおじさんだ……」

「わたし、ついにモノにしちゃった、大《だい》スクープ！　健太《けんた》くん、この写真《しゃしん》、今度《こんど》の花森《はなもり》小《しょう》新聞《しんぶん》にのせていいわよね」

新聞部《しんぶんぶ》の部室《ぶしつ》を出《で》た健太《けんた》は、結局校庭《けっきょくこうてい》には遊《あそ》びにいかず、まっすぐ図書室《としょしつ》に向《む》かった。

思《おも》ったとおり、窓《まど》ぎわの席《せき》で背筋《せすじ》をピンと伸《の》ばし、謎野真実《なぞのしんじつ》が本《ほん》を読《よ》んでいた。

「たいへんだ、謎野《なぞの》くん、聞《き》いてよ」

「ちょっと待《ま》っていてくれないかな」

本《ほん》に目《め》を落《お》としたまま、真実《しんじつ》はゆっくりと健太《けんた》を手《て》で制《せい》し、読書《どくしょ》を続《つづ》ける。

しかし、いてもたってもいられず、健太《けんた》は真実《しんじつ》の席《せき》に突進《とっしん》した。

「聞《き》いてったら、すごいニュースなんだよ！」

司書《ししょ》の先生《せんせい》がジロリと健太《けんた》を見《み》て、口《くち》に指《ゆび》をあて静《しず》かにするよう、うながした。

気《き》づいた健太《けんた》は、あわてて先生《せんせい》に向《む》かってペコリと頭《あたま》を下《さ》げる。

「ここは図書室《としょしつ》だよ、私語《しご》はつつしんだほうがいい」

真実《しんじつ》は健太《けんた》に見向《みむ》きもしない。

真実《しんじつ》が読《よ》んでいる本《ほん》の表紙《ひょうし》には、「相対性理論《そうたいせいりろん》」というタイトルが書《か》かれている。

真実《しんじつ》は本《ほん》のページを静《しず》かにめくる。

司書《ししょ》
図書館《としょかん》に置《お》く本《ほん》を選《えら》んだり、本《ほん》の並《なら》べ方《かた》を決《き》めたり、貸《か》し出《だ》しをおこなったりする人《ひと》。この仕事《しごと》に就《つ》くには、専門《せんもん》の資格《しかく》が必要《ひつよう》。

健太《けんた》は真実《しんじつ》のとなりの席《せき》に座《すわ》り、声《こえ》をひそめて話《はな》しかける。

「本《ほん》よりもっと驚《おどろ》くこと――大事件《だいじけん》が起《お》きたんだよ！」

「……なんだい、大事件《だいじけん》って？」

事件《じけん》という言葉《ことば》に、興味《きょうみ》を持《も》った真実《しんじつ》は本《ほん》を置《お》き、ようやく健太《けんた》の顔《かお》を見《み》た。

「宮下健太《みやしたけんた》くん、キミはちょっとしたことですぐ、たいへんだ、と大騒《おおさわ》ぎするところがあるけど、本当《ほんとう》に大事件《だいじけん》なんだろうね？」

健太《けんた》は力強《ちからづよ》くうなずいた。

健太《けんた》は、真実《しんじつ》を廊下《ろうか》へと連《つ》れていくと、美希《みき》が偶然撮《ぐうぜんと》った小《ちい》さなおじさんの写真《しゃしん》について話《はな》した。

「小《ちい》さなおじさんか……。この学校《がっこう》の七不思議《ななふしぎ》のひとつだね」

いつものとおり冷静《れいせい》な真実《しんじつ》。

「謎野《なぞの》くん、信《しん》じてないの？」

「いや、科学的《かがくてき》にあり得《え》ない話《はなし》じゃないよ」

真実《しんじつ》が話《はなし》を続《つづ》ける。

「相対性理論《そうたいせいりろん》によると、光速《こうそく》に近《ちか》い速《はや》さで動《うご》いている物体《ぶったい》は、長《なが》さが縮《ちぢ》んで見《み》えるんだ。もし、そのおじさんがすごい速《はや》さで動《うご》いていたならば、小《ちい》さく見《み》えても不思議《ふしぎ》じゃない」

「はっ、光速《こうそく》？　謎野《なぞの》くん、わけのわからないこと言《い》ってないで、ちゃんと聞《き》いてよ」

健太《けんた》は、ムキになって言《い》った。

「実際《じっさい》に小《ちい》さなおじさんを見《み》たという人《ひと》もいるんだよ」

ある生徒《せいと》が朝《あさ》、登校《とうこう》してきて、下駄箱《げたばこ》で上履《うわば》きにはきかえようとしたとき、上履《うわば》きの中《なか》で8センチくらいの小《ちい》さなおじさんがいびきをかいて眠《ねむ》っていたという。

また、ほかの生徒《せいと》が校庭《こうてい》を掃除《そうじ》していたときには、突然《とつぜん》足元《あしもと》から「いてぇ！」と声《こえ》がして、見《み》たら、ホウキのすきまに小《ちい》さなおじさんがはさまっていたらしい。

相対性理論《そうたいせいりろん》
ドイツ生《う》まれの物理学《ぶつりがく》者《しゃ》・アインシュタインが、今《いま》から約《やく》100年《ねん》前《まえ》に発表《はっぴょう》した理論《りろん》。光《ひかり》の速《はや》さと同《おな》じくらいの高速《こうそく》の世界《せかい》では、時間《じかん》がゆっくり進《すす》んだり、長《なが》さが縮《ちぢ》んだりすることを発見《はっけん》した。

光速《こうそく》
光《ひかり》の速《はや》さは、秒速《びょうそく》30万《まん》キロメートル。これは、1秒間《びょうかん》に地球《ちきゅう》を7周《しゅう》半《はん》する速《はや》さだ。

「小《ちい》さなおじさんを目撃《もくげき》した人《ひと》は幸《しあわ》せになるか、呪《のろ》われるかだといわれているんだ」

「だとすると、肩《かた》に乗《の》られたキミも呪《のろ》われたりするのかい？」

「えっ、そんなこと考《かんが》えてなかった……。も、もしかして、ぼく呪《のろ》われちゃうってこと〜!?」

健太《けんた》は驚《おどろ》いて気《き》を失《うしな》いそうになった。

今《いま》までは写真《しゃしん》に小《ちい》さなおじさんが写《うつ》っていたことばかりに驚《おどろ》いていて、呪《のろ》いの話《はなし》はすっかり忘《わす》れていたのだ。

「その不思議《ふしぎ》な話《はなし》がもし本当《ほんとう》だとしたら、その可能性《かのうせい》もあるかもしれないね」

「やめてよ、そんな冗談《じょうだん》！」

「まずはその話《はなし》が本当《ほんとう》なのか、目撃者《もくげきしゃ》に話《はなし》を聞《き》いてみようよ」

「え……目撃者《もくげきしゃ》といっても、誰《だれ》が話《はな》したかまではわからないよ」

「宮下健太《みやしたけんた》くん、キミは誰《だれ》が話《はな》したかわからない話《はなし》を、疑《うたが》いもせず信《しん》じているのかい？」

「だって、昔《むかし》から花森小《はなもりしょう》で語《かた》りつがれる七不思議《ななふしぎ》なんだよ!!」

力強《ちからづよ》く言《い》ってはみたものの、冷静《れいせい》な真実《しんじつ》に見《み》つめられると、健太《けんた》は騒《さわ》いでいたことが急《きゅう》に恥《は》ずかしくなった。

「でも、ちゃんと写真《しゃしん》に写《うつ》ってたんだよ！　今度《こんど》の花森小新聞《はなもりしょうしんぶん》にものるんだよ」

真実《しんじつ》はあきれたように健太《けんた》を見《み》つめた。

「まったく、この学校《がっこう》のみんなは本当《ほんとう》に非科学的《ひかがくてき》だね」

数日後《すうじつご》、職員室《しょくいんしつ》がある東校舎《ひがしこうしゃ》1階《かい》の廊下《ろうか》には、新聞部《しんぶんぶ》の壁新聞《かべしんぶん》が張《は》り出《だ》され、たくさんの生徒《せいと》たちが群《むら》がっていた。

毎月《まいつき》、新聞部《しんぶんぶ》が発行《はっこう》する「花森小新聞《はなもりしょうしんぶん》」を見《み》に集《あつ》まっているのだ。

この新聞《しんぶん》にあるすべての記事《きじ》はもちろん、写真《しゃしん》やイラストも、ぜんぶ部長《ぶちょう》にして、たったひとりの部員《ぶいん》である美希《みき》が手《て》がけているのだ。

一面《いちめん》トップは、

「スクープ!!　これが小《ちい》さなおじさんだ!!」

という見出《みだ》しの記事《きじ》だ。

「本物《ほんもの》の小《ちい》さなおじさんだ！」

花森小新聞
スクープ!!
これが小さなおじさんだ!!

「すごい！　テレビとかに出《だ》せば話題《わだい》になるよ！」

みんなは驚《おどろ》き、美希《みき》の写真《しゃしん》をほめた。学校中《がっこうじゅう》が小《ちい》さなおじさんの話《はなし》でもちきりだ。

新聞《しんぶん》に夢中《むちゅう》のみんなの表情《ひょうじょう》を離《はな》れて見守《みまも》る美希《みき》は、得意《とくい》げに、にんまりと笑《わら》った。

新聞《しんぶん》の写真《しゃしん》を見《み》つめる真実《しんじつ》に、健太《けんた》は話《はな》しかけた。

「ほら、本当《ほんとう》にちゃんと小《ちい》さなおじさんが写《うつ》っているでしょ？」

「まあね」

そんなふたりを見《み》つけた美希《みき》が声《こえ》をかけてきた。

「あなた、謎野《なぞの》くんね。『歩《ある》く人体模型《じんたいもけい》』や、『笑《わら》うベートーベン』のナゾを解明《かいめい》したそうだけど、これは正真正銘《しょうしんしょうめい》の七不思議《ななふしぎ》よ。写真《しゃしん》にちゃーんと写《うつ》ってるんだから」

「青井美希《あおいみき》さん、この写真《しゃしん》はデジタルカメラで撮《と》ったのかな？」

「ええそうよ」

「この写真《しゃしん》をもっとじっくり見《み》てみたいんだ、可能《かのう》かな？」

「いいわよ、わたしのスクープ生写真《なまじゃしん》、特別《とくべつ》に見《み》せてあげるわ」

新聞部《しんぶんぶ》の部室《ぶしつ》――。

コンピューターの前《まえ》に座《すわ》る真実《しんじつ》は、慣《な》れた手《て》つきでマウスを操作《そうさ》し、写真《しゃしん》の画像《がぞう》を拡大《かくだい》して、じっくりと見《み》つめた。

マウスでクリックするたびに小《ちい》さなおじさんが写《うつ》ってい

る部分《ぶぶん》が、拡大《かくだい》される。

「このおじさんには、ちゃんと影《かげ》が出《で》ている。コンピューターのソフトを使《つか》って合成《ごうせい》したものではないね」

「当《あ》たり前《まえ》でしょ、わたしがスクープをでっち上《あ》げたとでも言《い》うの!?」

争《あらそ》いごとが苦手《にがて》な健太《けんた》は、怒《おこ》っている美希《みき》と、クールに考《かんが》えごとを続《つづ》ける真実《しんじつ》を見比《みくら》べ、あわててフォローを入《い》れる。

「いや、謎野《なぞの》くんだって疑《うたが》っていたわけではないと思《おも》うよ！　なんでも自分《じぶん》の目《め》で確《たし》かめないと気《き》がすまない人《ひと》なんだよ。そうだよね？」

そんな健太《けんた》の心遣《こころづか》いを気《き》にするそぶりもなく、真実《しんじつ》は口元《くちもと》に手《て》をあてて考《かんが》えている。

「……この小《ち》さなおじさんは実際《じっさい》に存在《そんざい》しているようだね」

「わかってくれたらいいのよ。ちゃんと写《うつ》ってるでしょ、写真《しゃしん》はウソをつかないのよ」

美希《みき》はやれやれといった表情《ひょうじょう》で告《つ》げた。

真実《しんじつ》のこの言葉《ことば》に驚《おどろ》いたのは健太《けんた》だった。

非科学的《ひかがくてき》なものをいっさい信《しん》じない真実《しんじつ》が、小《ち》さなおじさんの存在《そんざい》を認《みと》めたのだ。

「謎野《なぞの》くんも、科学《かがく》では説明《せつめい》できない不思議《ふしぎ》なものがあることを認《みと》めたんだね！」

「この写真《しゃしん》に関《かん》しては、ということだよ。コンピューターで合成《ごうせい》されたものではないということだね。宮下健太《みやしたけんた》くん、キミはどうも早合点《はやがてん》が多《おお》いよ」

健太《けんた》には心当《こころあ》たりがあった。お母《かあ》さんや先生《せんせい》にも、おっちょこちょいだから、もうちょっと落《お》ち着《つ》きなさいといつも注意《ちゅうい》されるのだ。

「結論《けつろん》というのは、順番《じゅんばん》にいろいろなことを確《たし》かめて、最後《さいご》に出《だ》すべきものだよ。まずは現場《げんば》を見《み》てみることだ」


美希《みき》に小《ちい》さなおじさんが写《うつ》った写真《しゃしん》を新《あら》たにプリントアウトしてもらい、真実《しんじつ》はそれを手《て》に、健太《けんた》と一緒《いっしょ》に校庭《こうてい》に向《む》かった。

「現場《げんば》を見《み》ること、それが捜査《そうさ》の第一歩《だいいっぽ》だよ」

そう語《かた》る真実《しんじつ》の髪《かみ》が風《かぜ》でサラサラとなびく。

（捜査《そうさ》か。なんだかワクワクするな）

健太《けんた》は思《おも》わず胸《むね》がおどった。

真実《しんじつ》は、写真《しゃしん》と実際《じっさい》の校庭《こうてい》の風景《ふうけい》を、何度《なんど》も真剣《しんけん》な表情《ひょうじょう》で見比《みくら》べた。

健太《けんた》もそばで、真実《しんじつ》の横顔《よこがお》を見《み》つめ、彼《かれ》が何《なに》をつかもうとしているのかを考《かんが》えた。

「あの日《ひ》、おそらくこのあたりでキミは、おにぎりを食《た》べていた。宮下健太《みやしたけんた》くん、同《おな》じポーズをしてくれないかな」

健太《けんた》は、おにぎりを食《た》べるフリをした。

真実《しんじつ》は、写真《しゃしん》の大《おお》きさくらいの四角形《しかくけい》を指《ゆび》で形《かたち》づくり、そこから健太《けんた》をのぞいた。

「そして、このあたりから、青井美希《あおいみき》さんはキミの写真《しゃしん》を撮《と》った……」

おにぎりを食《た》べるフリで、大《おお》きな口《くち》を開《あ》けている健太《けんた》は、だんだん恥《は》ずかしくなっ

てきた。

「謎野《なぞの》くん、もういい？」

「ありがとう。次《つぎ》は、あの日《ひ》のこの時間《じかん》の校庭《こうてい》で、誰《だれ》がどこにいて、何《なに》をしていたかを確認《かくにん》する必要《ひつよう》があるな」

そして真実《しんじつ》は、ふと何《なに》かに気《き》づいたのか、校庭《こうてい》のすみをじっと見《み》ている。

健太《けんた》がその方向《ほうこう》を見《み》ると花壇《かだん》があった。

「花壇《かだん》が、気《き》になるの？」

健太《けんた》は不思議《ふしぎ》そうに真実《しんじつ》にたずねた。

花壇《かだん》には、いつものように色《いろ》とりどりの花《はな》が咲《さ》いていた。

ここは、花《はな》を愛《あい》する林村校長先生《はやしむらこうちょうせんせい》が、季節《きせつ》ごとの花《はな》を植《う》えているのだ。

花《はな》のすきまから動《うご》く人影《ひとかげ》が見《み》える。

ジャージ姿《すがた》で熱心《ねっしん》に土《つち》いじりをしている校長先生《こうちょうせんせい》だ。

「いや、校長先生《こうちょうせんせい》が気《き》になってね」

「謎野《なぞの》くん、校長先生《こうちょうせんせい》がどうかしたの？」

「キミ、あのジャージ、どこかで見覚《みおぼ》えがないかい？」

「あっ！」

健太《けんた》も真実《しんじつ》が何《なに》を言《い》いたいのかわかった。

「ちょっと待《ま》ってよ、謎野《なぞの》くん。写真《しゃしん》に写《うつ》っていた小《ちい》さなおじさんは、校長先生《こうちょうせんせい》だとでも言《い》いたいの？」

「その可能性《かのうせい》があるということだね」

「えっ？」

あまりの衝撃《しょうげき》に、健太《けんた》は思《おも》わずうしろにのけぞった。

「写真《しゃしん》の小《ちい》さなおじさんを見《み》たとき、ぼくはどこかで見《み》かけたことがある人《ひと》だと思《おも》ったんだ。そして校長先生《こうちょうせんせい》のあのジャージのズボン。大《おお》きな星《ほし》のマークが入《はい》ったとても特徴的《とくちょうてき》なデザインだ」

写真《しゃしん》を見《み》ると、確《たし》かに小《ちい》さなおじさんのズボンにも星《ほし》のマークが入《はい》っているのがうっすら

と見《み》える。

「そんな、謎野《なぞの》くんは校長先生《こうちょうせんせい》を疑《うたが》ってるの？　校長先生《こうちょうせんせい》が小《ちい》さなおじさんだなんて、あり得《え》ないよ！　……あっ」

健太《けんた》の顔《かお》が急《きゅう》に曇《くも》った。

「何《なに》か気《き》になることでもあるのかい？」

「校長先生《こうちょうせんせい》は、いつも校長室《こうちょうしつ》の窓《まど》のカーテンを開《あ》けているのに、4時間目《じかんめ》だけ、なぜか閉《し》めているんだ」

「その時間《じかん》だけカーテンを？　不思議《ふしぎ》だけど、今回《こんかい》の写真《しゃしん》のことと何《なに》か関係《かんけい》があるというのかい？」

真実《しんじつ》にたずねられた健太《けんた》は、得意《とくい》げにあたりを歩《ある》き、名探偵《めいたんてい》になった気分《きぶん》で話《はな》す。

「カーテンを閉《し》めているあいだ、校長先生《こうちょうせんせい》には、きっと外《そと》から見《み》られたくない理由《りゆう》があるんだ」

と、真実《しんじつ》のまねをして口元《くちもと》に手《て》をあてた健太《けんた》は語《かた》る。

「確《たし》かに、そうだろうねぇ」

真実《しんじつ》は健太《けんた》の考《かんが》えに耳《みみ》を傾《かたむ》けている。

「結論《けつろん》は出《で》た。ズバリ！　その時間《じかん》、校長先生《こうちょうせんせい》は小《ちい》さなおじさんに変身《へんしん》している！」

健太《けんた》の言葉《ことば》に、真実《しんじつ》はあっけにとられてしまった。

「……キミは、すぐにそういう非科学的《ひかがくてき》な妄想《もうそう》をするんだね」

「写真《しゃしん》に写《うつ》っていたのが校長先生《こうちょうせんせい》なら、絶対《ぜったい》そうに違《ちが》いない！」

そう言《い》いながら、背筋《せすじ》がゾクゾクするのを抑《おさ》えられない健太《けんた》であった。


翌日《よくじつ》、4時間目《じかんめ》の体育《たいいく》の授業中《じゅぎょうちゅう》。校庭《こうてい》には、心《こころ》ここにあらずの健太《けんた》がいた。

健太《けんた》の視線《しせん》は、校長室《こうちょうしつ》に向《む》けられている。

健太《けんた》は、なんとしても自分《じぶん》の手《て》で、校長先生《こうちょうせんせい》が小《ちい》さなおじさんになる瞬間《しゅんかん》をつきとめたいと思《おも》っていた。

（校長先生《こうちょうせんせい》が小《ちい》さなおじさんになる瞬間《しゅんかん》を目撃《もくげき》して、謎野《なぞの》くんに、ぼくの推理《すいり》が正《ただ》しいことを証明《しょうめい》するぞ）

体育《たいいく》の授業《じゅぎょう》はサッカーだったが、健太《けんた》はボールを追《お》いかけながらも、校長室《こうちょうしつ》に目《め》がいく。

校長室《こうちょうしつ》は東校舎《ひがしこうしゃ》の1階《かい》にあり、校庭《こうてい》に面《めん》する窓《まど》があった。
窓《まど》から、林村校長先生《はやしむらこうちょうせんせい》が書類《しょるい》に目《め》を通《とお》す姿《すがた》が見《み》える。
(もうすぐだ。4時間目《じかんめ》の途中《とちゅう》で、校長先生《こうちょうせんせい》はいつもカーテンを閉《し》めるんだ)
同《おな》じクラスの真実《しんじつ》は、校長室《こうちょうしつ》を気《き》にするそぶりもなく、淡々《たんたん》とサッカーをしている。
健太《けんた》は、今《いま》こそ真実《しんじつ》を出《だ》し抜《ぬ》くときだと心《こころ》に決《き》めていた。
そのとき、思《おも》ったとおり、窓《まど》ぎわにやってくる校長先生《こうちょうせんせい》。
キョロキョロと外《そと》を見回《みまわ》して、カーテンを閉《し》めた——。

(今《いま》だ!)

「先生《せんせい》! トイレに行《い》っていいですか?」
健太《けんた》は、手《て》を挙《あ》げて先生《せんせい》に許可《きょか》をもらうと、急《いそ》いで校長室《こうちょうしつ》の窓《まど》の前《まえ》にやってきた。
なんとか中《なか》をのぞこうとするが、しっかりとカーテンが閉《し》められていて中《なか》が見《み》えない。
(そっと……窓《まど》を開《あ》けるしかない!)
健太《けんた》は窓《まど》に手《て》をかけるが、窓《まど》もぴったりと閉《し》められ鍵《かぎ》もかけられていた。
ガッカリした健太《けんた》は、あきらめてトイレに向《む》かった。

（窓《まど》もカーテンも閉《し》めて……やっぱり、絶対見《ぜったいみ》られたくない秘密《ひみつ》があるんだ！）

なんとしてもナゾを解《と》きたい健太《けんた》は、その日《ひ》の放課後《ほうかご》、勇気《ゆうき》を出《だ》して校長先生《こうちょうせんせい》を尾行《びこう》することにした。

下校《げこう》する生徒《せいと》たちを送《おく》り出《だ》した校長先生《こうちょうせんせい》と先生《せんせい》たちは、会議室《かいぎしつ》で会議《かいぎ》をしていた。

こっそりと校舎《こうしゃ》に残《のこ》っていた健太《けんた》は、廊下《ろうか》からそのようすを見《み》ていた。

（ほかの先生《せんせい》がいるときは変身《へんしん》しない。チャンスは校長先生《こうちょうせんせい》がひとりになったときだ）

そして夕方《ゆうがた》、会議《かいぎ》が終《お》わって、ひとり校長室《こうちょうしつ》に戻《もど》る校長先生《こうちょうせんせい》。

健太《けんた》は、足音《あしおと》をたてないよう、慎重《しんちょう》に尾行《びこう》する。

窓《まど》から夕日《ゆうひ》が差《さ》し込《こ》む、静《しず》まりかえった長《なが》い廊下《ろうか》には、校長先生《こうちょうせんせい》と健太《けんた》のふたりしかいない。

そのとき、健太《けんた》の足《あし》が、廊下《ろうか》に置《お》いてあったバケツに当《あ》たった。

（しまった！）

カンッという音《おと》が響《ひび》きわたり、校長先生《こうちょうせんせい》が急《きゅう》に立《た》ち止《ど》まって振《ふ》り返《かえ》る！

「誰《だれ》だね⁉」

健太《けんた》はとっさにそばの教室《きょうしつ》の中《なか》に入《はい》った。

「お〜い、誰《だれ》か残《のこ》っているのか〜⁉」

と校長先生《こうちょうせんせい》がこちらに近《ちか》づいてくる。足音《あしおと》がどんどん大《おお》きくなる。

健太《けんた》のドキドキはピークをこえ、頭《あたま》さえも、クラクラしてきた。

（見《み》つかったら、どうなるんだろう？　ぼくも、小《ちい》さくされるのかな……）

校長先生《こうちょうせんせい》は、教室《きょうしつ》の入《い》り口《ぐち》から、ジロリと中《なか》をのぞいた。

「おや？　誰《だれ》もいないな」

校長先生《こうちょうせんせい》はクビをかしげ、歩《ある》き去《さ》っていった。

健太《けんた》は間一髪《かんいっぱつ》で教卓《きょうたく》の下《した》へもぐりこんでいたのだ。

（ふーっ、助《たす》かった……）

そのとき、再《ふたた》び教室《きょうしつ》に入《はい》ってくる足音《あしおと》が聞《き》こえた。

足音《あしおと》はだんだん近《ちか》づいてきて、健太《けんた》のいる教卓《きょうたく》の前《まえ》で動《うご》きを止《と》めた。

(気《き》づかれた。もうだめだっ!!)

あまりの怖《こわ》さに健太《けんた》の目《め》が涙《なみだ》でうるむ。

「宮下健太《みやしたけんた》くん、そんなところで何《なに》してるんだい?」


「ヒーッ! ごめんなさい!」


健太《けんた》は、ビクッと飛《と》び上《あ》がり、教卓《きょうたく》に頭《あたま》をガツンと派手《はで》にぶつけてしまった。

痛《いた》さと恐怖《きょうふ》に顔《かお》をしかめて、ゆっくり見上《みあ》げると、そこには、夕日《ゆうひ》に照《て》らされた人影《ひとかげ》が立《た》っている。

真実《しんじつ》だった。

「な、謎野《なぞの》くん! どうしてここに?」

「ぼくは、確認《かくにん》したいことがあって校庭《こうてい》にいたんだ。すると教室《きょうしつ》であわてているキミの姿《すがた》が窓《まど》から見《み》えたのさ」

「ぼ、ぼくは……」

（謎野《なぞの》くんに対抗《たいこう》して、校長先生《こうちょうせんせい》のナゾを解《と》こうとしていたなんて言《い》えない……）

「そうだ、宮下健太《みやしたけんた》くん。明日《あす》、小《ちい》さなおじさんの実験《じっけん》をするよ」

そっけなく言《い》う真実《しんじつ》。

「……へ？　小《ちい》さなおじさんのナゾ、解《と》けたの？」

「とっくにね。でも、キミたちはまだわかってないようだから、実際《じっさい》に見《み》せてあげたほうがいいかと思《おも》ってね」

解《かい》決《けつ》編《へん》

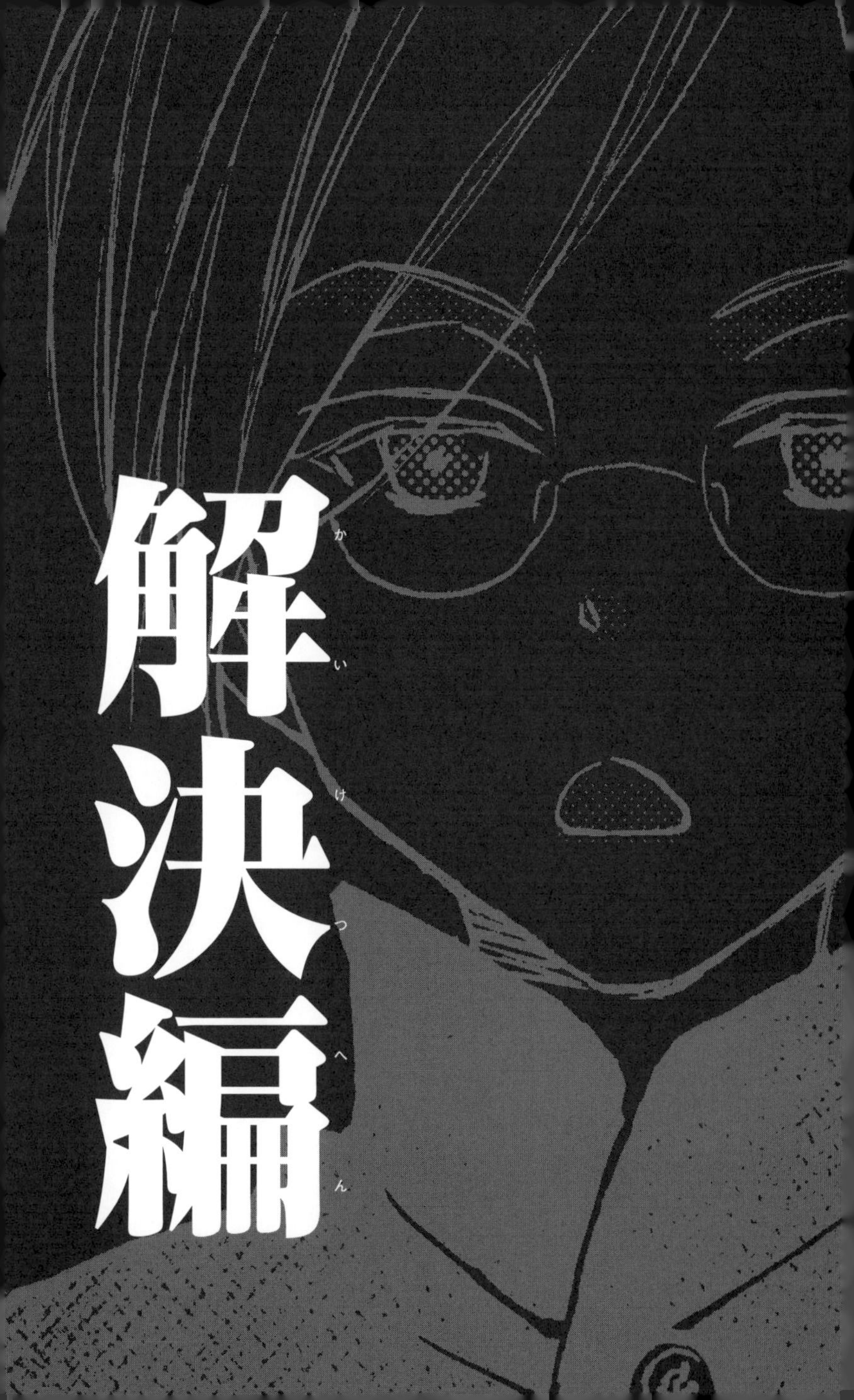

翌日《よくじつ》、健太《けんた》と美希《みき》は、休《やす》み時間《じかん》に真実《しんじつ》に校庭《こうてい》へと呼《よ》び出《だ》された。

「学校新聞《がっこうしんぶん》の原稿《げんこう》書《か》かなきゃいけないのに……。まだ、わたしのスクープ写真《しゃしん》に言《い》いがかりをつける気《き》なの？」

美希《みき》は、とても不満《ふまん》そうだ。

真実《しんじつ》は、美希《みき》から借《か》りたデジタルカメラと三脚《さんきゃく》を手《て》にしていた。

そして、健太《けんた》に撮影当日《さつえいとうじつ》にいた場所《ばしょ》に立《た》ってもらった。健太《けんた》は、わざわざ早起《はやお》きして自分《じぶん》でつくってきたおにぎりを手《て》に持《も》ってほおばるしぐさをした。

真実《しんじつ》は、三脚《さんきゃく》をセットしカメラをかまえて、ファインダーをのぞく。

「青井美希《あおいみき》さん、キミは、もっとうしろに下《さ》がってくれないかな」

「このくらい？」

「いや、もっとうしろに下《さ》がって」

どんどん遠《とお》ざかってゆく美希《みき》。

「こんなに離《はな》れるの？」

けげんな表情《ひょうじょう》の美希《みき》に、真実《しんじつ》は花壇《かだん》のそばにあるベンチに横向《よこむ》きに座《すわ》るように頼《たの》み、カメラのシャッターボタンを押《お》した。

「はい」、と真実《しんじつ》がふたりの前《まえ》にカメラを差《さ》し出《だ》す。

「ええッ!?」

健太《けんた》と美希《みき》は、デジタルカメラの画《が》面《めん》を見《み》つめて、目《め》を丸《まる》くした。

なんと、健太《けんた》の肩《かた》に小《ちい》さな美希《みき》が座《すわ》った写真《しゃしん》が撮《と》れているではないか。

「遠近法《えんきんほう》を利用《りよう》したトリックだよ。小《ちい》さく見《み》せたいものを遠《とお》くに置《お》いて、大《おお》きく見《み》せたいものを近《ちか》くに置《お》く。そう

して撮影《さつえい》すると、こんな写真《しゃしん》が撮《と》れるんだ。遠近法《えんきんほう》は、絵画《かいが》などでもよく用《もち》いられる手法《しゅほう》だよ」

そして真実《しんじつ》は、写真《しゃしん》が撮《と》られたとき、さっき美希《みき》が座《すわ》ったベンチに校長先生《こうちょうせんせい》が座《すわ》っていたことを告《つ》げた。

「校長先生《こうちょうせんせい》にも話《はなし》を聞《き》いたよ。あの日《ひ》は球技大会《きゅうぎたいかい》だったから、お弁当《べんとう》が必要《ひつよう》だったのに、うっかりして忘《わす》れてしまった。生徒《せいと》たちがお弁当《べんとう》を食《た》べている時間《じかん》は、お腹《なか》がすいて、あのベンチにぐったりと座《すわ》っていたそうだよ」

「つまり、あの写真《しゃしん》は、遠近法《えんきんほう》で偶然《ぐうぜん》に撮《と》れたものだったたってことね」

「なーんだ、そういうことだったのか～」

健太《けんた》は、真実《しんじつ》がいつのまにか校長先生《こうちょうせんせい》に聞《き》き取《と》りをしていたことにも驚《おどろ》いた。

（すごいや。謎野《なぞの》くん、また学校《がっこう》の七不思議《ななふしぎ》を解明《かいめい》しちゃった）

一方《いっぽう》で、美希《みき》は、すっかり落《お》ちこんでいた。

「あ～あ、大《だい》スクープだと思《おも》ったのになぁ」

健太《けんた》は美希《みき》が気《き》の毒《どく》になって、いたわりの言葉《ことば》をかけた。

「美希《みき》ちゃん、残念《ざんねん》だったね」

「まったくの誤報《ごほう》だったというわけね。次《つぎ》の新聞《しんぶん》で、みんなに謝《あやま》らなきゃね」

「青井美希《あおいみき》さん、ジャーナリストとして、すばらしい姿勢《しせい》だね」

と、真実《しんじつ》もめずらしく美希《みき》のことをほめた。

（謎野《なぞの》くん、案外《あんがい》やさしい人《ひと》なのかも）

真実《しんじつ》の横顔《よこがお》をながめた健太《けんた》だったが、ふとあることを思《おも》い出《だ》した。

「あ！　まだナゾがひとつ解《と》けてないよ」

「校長室《こうちょうしつ》のカーテンが閉《し》められるナゾのことかい？　そっちも、もう解《と》けてるよ。もうすぐ4時間目《じかんめ》だし、校長室《こうちょうしつ》へ行《い》ってみようか」

真実《しんじつ》は、健太《けんた》と一緒《いっしょ》に校長室《こうちょうしつ》に向《む》かった。

「カーテンを閉《し》める理由《りゆう》はただひとつ。中《なか》を見《み》られたくないからだよ」

そう言《い》って、ノックしてから、すぐさまドアを開《あ》ける真実《しんじつ》。

ジャーナリスト
新聞《しんぶん》や雑誌《ざっし》、放送《ほうそう》などの記者《きしゃ》のこと。特《とく》に社会的《しゃかいてき》な問題《もんだい》を専門《せんもん》に取材《しゅざい》、報道《ほうどう》する人《ひと》を指《さ》す。

すると……そこには給食《きゅうしょく》を食《た》べている林村校長先《はやしむらこうちょうせん》生《せい》の姿《すがた》があった。

「**な、なんだいキミたち!?**」

「校長先生《こうちょうせんせい》！　なんでもう給食《きゅうしょく》を食《た》べてるんですか!?」

驚《おどろ》いている健太《けんた》に、真実《しんじつ》は説明《せつめい》をする。

「『検食《けんしょく》』といって、生徒《せいと》が食《た》べる前《まえ》に給食《きゅうしょく》の試食《ししょく》をしているんだ。校長先生《こうちょうせんせい》の仕事《しごと》のひとつなんだよ」

「そ、そうだよ。わたしの仕事《しごと》なんだ」

校長先生《こうちょうせんせい》も、あわてて健太《けんた》に言《い》う。

校長先生《こうちょうせんせい》は、仕事《しごと》とはいえ、一足先《ひとあしさき》に給食《きゅうしょく》を食《た》べているところを生徒《せいと》に見《み》られるのは気《き》まずいので、給食《きゅうしょく》が運《はこ》ばれてくる4時間目《じかんめ》になると、いつもカーテンを閉《し》めていたという

のだ。

「そういうことだったのか……」

「宮下健太《みやしたけんた》くん、真相《しんそう》がわかってうれしくないのかい？」

「謎野《なぞの》くん……ナゾって、解《と》けちゃうと、なんだか味気《あじけ》ないもんだね」

「まあね。ナゾなんてそんなものだよ」

真実《しんじつ》はすずしく言《い》い放《はな》った。

検食《けんしょく》
給食《きゅうしょく》は食《た》べてもだいじょうぶか、味《あじ》に問題《もんだい》がないかなどを、学校《がっこう》の責任者《せきにんしゃ》（校長先生《こうちょうせんせい》）が確認《かくにん》すること。みんなが安心《あんしん》して給食《きゅうしょく》を食《た》べるための、大事《だいじ》な仕事《しごと》だ。

3

SCIENCE TRICK DATA FILE

科学《かがく》トリック データファイル

Q.ぼくにも、
おもしろい写真《しゃしん》が
撮《と》れるかな?

トリック写真《しゃしん》の撮《と》り方《かた》

「小《ちい》さなおじさん」は、遠近法《えんきんほう》を利用《りよう》したものですが、アイデア次第《しだい》で、さまざまなトリック写真《しゃしん》を撮《と》ることができます。たとえば、視点《してん》を変《か》えて、縦《たて》と横《よこ》の向《む》きを変《か》えてみたり、瞬間《しゅんかん》を切《き》り取《と》る写真《しゃしん》の特性《とくせい》を利用《りよう》したりする方法《ほうほう》があります。

　トリック写真《しゃしん》を撮《と》るコツは、何度《なんど》も試《ため》して、うまく見《み》えるバランスをつかむこと。ぜひ挑戦《ちょうせん》してみましょう。

手前《てまえ》に足《あし》のアップ、遠《とお》くに人《ひと》を配置《はいち》すれば、巨人《きょじん》に踏《ふ》みつぶされそうな写真《しゃしん》に！

地面《じめん》に寝転《ねころ》んで撮《と》った写真《しゃしん》を縦《たて》にすれば、今《いま》にも落《お》ちそうになっているように見《み》える。

ジャンプした瞬間《しゅんかん》を撮影《さつえい》すれば、空《そら》を飛《と》んでいるような写真《しゃしん》に！ 連写《れんしゃ》モードを使《つか》うと、うまく撮《と》れる。

A.うまく撮《と》るには、演技力《えんぎりょく》も必要《ひつよう》だよ

あかずの部《へ》屋《や》

学校《がっこう》の七不思議《ななふしぎ》4

事《じ》件《けん》編《へん》

もうすぐ夏休《なつやす》みが始《はじ》まろうとしていたある日《ひ》、学校《がっこう》の廊下《ろうか》を掃除《そうじ》していた宮下健太《みやしたけんた》は、クラスの男子《だんし》ふたりがうわさ話《ばなし》をしているのを耳《みみ》にした。

「この学校《がっこう》には『あかずの部屋《へや》』があるらしいよ」

「あかずの部屋《へや》？」

不思議《ふしぎ》な話《はなし》に目《め》のない健太《けんた》は、思《おも》わずモップをかける手《て》を止《と》め、話《はなし》の輪《わ》に加《くわ》わる。

「知《し》ってる！　学校《がっこう》の七不思議《ななふしぎ》のひとつでしょ？　なんでもその部屋《へや》に足《あし》を踏《ふ》み入《い》れた者《もの》は、二度《にど》と生《い》きて外《そと》へは出《で》られないらしいよ。別名《べつめい》『呪《のろ》いの部屋《へや》』とも呼《よ》ばれてるんだ」

「の、呪《のろ》いの部屋《へや》!?」

ゾッと身震《みぶる》いするふたりを見《み》て、健太《けんた》は得意《とくい》になった。

（そうだ！　この話《はなし》はまだ謎野《なぞの》くんに教《おし》えてなかったぞ）

健太《けんた》は、すぐに謎野真実《なぞのしんじつ》のところに向《む》かった。

「呪《のろ》われたあかずの部屋《へや》ね」

健太《けんた》の話《はなし》を聞《き》いて、真実《しんじつ》はサラサラの髪《かみ》をかきあげながらつぶやく。

「で、その部屋《へや》はこの学校《がっこう》のどこにあるんだい？」

「そ、それは……」

（そういえば、どこにあるんだろう？）

うわさには聞《き》いていたが、その部屋《へや》がどこにあるか、健太《けんた》は知《し》らなかった。


「東校舎《ひがしこうしゃ》3階《かい》、廊下《ろうか》のつきあたりの部屋《へや》よ！」


そのとき、教室《きょうしつ》の入《い》り口《ぐち》のほうから、りんとした声《こえ》が響《ひび》き渡《わた》った。やってきたのは、新聞《しんぶん》部《ぶ》の青井美希《あおいみき》だ。美希《みき》は花森小新聞《はなもりしょうしんぶん》に「あかずの部屋《へや》」の特集記事《とくしゅうきじ》をのせるため、取材中《しゅざいちゅう》だという。

「そしたら、あなたたちの話《はな》し声《ごえ》が聞《き》こえてきたじゃない？　ちょっと気《き》になって、声《こえ》をかけてみたってワケ」

「えっ？　じゃあ、美希《みき》ちゃん、もしかしてあの部屋《へや》のことに詳《くわ》しいの？」

健太《けんた》は身《み》を乗《の》り出《だ》す。

「もちろんよ。悪《わる》いけど、あの部屋《へや》で起《お》きる現象《げんしょう》のナゾは、謎野《なぞの》くんにも解《と》けないわ。なぜなら、ホンモノの怪奇現象《かいきげんしょう》だから」

自信《じしん》たっぷりに言《い》い切《き》る美希《みき》。「小《ちい》さなおじさん」事件《じけん》では、真実《しんじつ》に完全《かんぜん》に敗北《はいぼく》してしまったが、「あかずの部屋《へや》」に関《かん》しては、誰《だれ》よりも詳《くわ》しい情報《じょうほう》をつかんでいる。今度《こんど》こそ真実《しんじつ》の鼻《はな》を明《あ》かせる、と美希《みき》は思《おも》っていた。

「その部屋《へや》は、以前《いぜん》、先生《せんせい》が学校《がっこう》に寝泊《ねと》まりするための部屋《へや》として使《つか》われていたの。でも、ある事件《じけん》がきっかけで、今《いま》はもう使《つか》われなくなったのよ」

ふたりのそばにやってきて、美希《みき》は語《かた》り始《はじ》める。

「事件《じけん》？」と、息《いき》をのむ健太《けんた》。

宿直制度《しゅくちょくせいど》
昔《むかし》は、警備《けいび》のため、先生《せんせい》が学校《がっこう》に交代《こうたい》で泊《と》まり込《こ》む「宿直制度《しゅくちょくせいど》」があった。もともとは、戦前《せんぜん》、学校《がっこう》に飾《かざ》られていた天皇《てんのう》（当時《とうじ》は神様《かみさま》と同一視《どういつし》されていた）の写真《しゃしん》などを守《まも》るために始《はじ》まったもの。

「いったいどんな事件《じけん》なんだい？」と、真実《しんじつ》も興味《きょうみ》を示《しめ》した。

「10年前《ねんまえ》、ひとりの新米教師《しんまいきょうし》が夏休《なつやす》みのあいだ、その部屋《へや》に泊《と》まり込《こ》むことになったの。当時《とうじ》、近隣《きんりん》の小中学校《しょうちゅうがっこう》で学校荒《がっこうあ》らしが出没《しゅつぼつ》する事件《じけん》が相次《あいつ》いでいて、見回《みまわ》りのためにね」

「新米教師《しんまいきょうし》って、男《おとこ》？　女《おんな》？」と、健太《けんた》がたずねる。

「男《おとこ》の先生《せんせい》よ。それもかなりイケメンの」と、まるで見《み》てきたかのように答《こた》える美希《みき》。

本当《ほんとう》にイケメンだったかどうかは、美希《みき》の妄想《もうそう》がまじっているのでマユツバだと健太《けんた》は思《おも》ったが、早《はや》く話《はなし》の続《つづ》きを聞《き》きたかったので、あえて口《くち》をはさまなかった。

「部屋《へや》に泊《と》まった最初《さいしょ》の晩《ばん》、先生《せんせい》は見回《みまわ》りに出《で》かけようと思《おも》った。ところがドアを開《あ》けようとしたら、開《あ》かなくなっていたのよ」

「鍵《かぎ》がかかってたんじゃない？」

健太《けんた》が言《い》うと、「いいえ」と美希《みき》はきっぱり否定《ひてい》した。

「鍵《かぎ》はかかってなかったわ。にもかかわらず、押《お》しても引《ひ》いても、ドアは開《あ》かなかったの。ドアだけじゃないわ。その部屋《へや》には窓《まど》もあったんだけど、その窓《まど》も開《あ》かなくなっていたのよ」

「窓《まど》も？」と、興味深《きょうみぶか》げに問《と》い返《かえ》す真実《しんじつ》。そこへ、またしても健太《けんた》が口《くち》をはさんだ。

「誰《だれ》かがイタズラして、ドアや窓《まど》を外側《そとがわ》から押《お》さえてたんじゃない？」

「校舎《こうしゃ》の３階《かい》なのよ？　どうやって外側《そとがわ》から窓《まど》を押《お》さえるっていうの？」

美希《みき》にぴしゃりと言《い》い返《かえ》され、健太《けんた》は、「そっか……」と引《ひ》きさがった。

「その部屋《へや》は文字《もじ》どおり、『あかずの部屋《へや》』だったの。

閉《と》じ込《こ》められた先生《せんせい》は、ドンドンと扉《とびら》をたたいて、『助《たす》けてくれ！』『出《だ》してくれ！』と叫《さけ》び続《つづ》けた。でも、夏休《なつやす》み中《ちゅう》だったので、誰《だれ》にも気《き》づかれることはなかったのね」

美希《みき》は言葉《ことば》を切《き》り、いちだんと低《ひく》い声《こえ》で言《い》った。

「1か月後《げつご》の登校日《とうこうび》に先生《せんせい》が教室《きょうしつ》に来《こ》なかったので、不審《ふしん》に思《おも》ったほかの先生《せんせい》たちが部屋《へや》へようすを見《み》にいったそうよ。するとそこには、変《か》わり果《は》てた先生《せんせい》の姿《すがた》が……」

美希《みき》はさらに声《こえ》のトーンを下《さ》げ、恐《おそ》ろしい結末《けつまつ》を語《かた》る。

「今《いま》でもその部屋《へや》の前《まえ》を通《とお》りかかると、時《とき》おり聞《き》こえてくることがあるんだって。ドンドン！　ドンドン！　助《たす》けを求《もと》める先生《せんせい》が、内側《うちがわ》からドアをたたく音《おと》が――」

健太《けんた》は背中《せなか》がゾクゾクするような寒気《さむけ》をおぼえた。

そのとき――。

ドンドン！
ドンドン！

教室《きょうしつ》の扉《とびら》をたたく音《おと》が聞《き》こえてきた。思《おも》わず「ひっ！」と耳《みみ》をふさぐ健太《けんた》。ノリノリで怪談話《かいだんばなし》をしていた美希《みき》も、「きゃあ！」と叫《さけ》んでその場《ば》にしゃがみ込《こ》む。

「おい、誰《だれ》かいるのか!?」

声《こえ》と同時《どうじ》に扉《とびら》が開《あ》き、緑《みどり》のジャージを着《き》た、コワモテの男《おとこ》の先生《せんせい》が現《あらわ》れた。

（なんだ、ハマセンか〜）

「ハマセン」こと浜田典夫先生《はまだのりおせんせい》は、６年《ねん》の学年主任《がくねんしゅにん》。

とにかく声《こえ》がデカく、見《み》た目《め》も迫力満点《はくりょくまんてん》なので、生徒《せいと》たちから恐《おそ》れられていた。

「おまえたち、下校時間《げこうじかん》はとっくに過《す》ぎてるぞ!!」

頭《あたま》から湯気《ゆげ》が出《で》そうなハマセンのようすを見《み》て、健太《けんた》は反射的《はんしゃてき》に椅子《いす》から立《た》ち上《あ》がる。

「す、すいません。ぼくたち、今《いま》、帰《かえ》ろうとしてたところで……」

「なら、さっさと帰《かえ》れ！」

「いいえ、ナゾを解《と》き明《あ》かすまでは帰《かえ》れません！」

そのとき、美希《みき》が毅然《きぜん》とした態度《たいど》で言《い》った。

ハマセンは、ギロリと美希《みき》をにらむ。

（まずいよ、美希《みき》ちゃん……）

健太《けんた》はおろおろしたが、美希《みき》は間髪《かんはつ》を入《い》れず、ハマセンに質問《しつもん》を投《な》げかけた。

「**先生《せんせい》、『あかずの部屋《へや》』のうわさは本当《ほんとう》なんですか？**」

「あかずの部屋《へや》？　なんだそりゃ？」

「東校舎《ひがしこうしゃ》３階《かい》にある、今《いま》はもう使《つか》われていない宿直用《しゅくちょくよう》の部屋《へや》です。10年前《ねんまえ》、その部屋《へや》に教《きょう》

師《し》が閉《と》じ込《こ》められて亡《な》くなったって聞《き》きました。部屋《へや》が使《つか》われなくなったのは、そのためなんですか？」

美希《みき》の表情《ひょうじょう》があまりに真剣《しんけん》だったので、ハマセンは思《おも》わずプッとふき出《だ》してしまう。

「ガハハ、おまえたち、そんな話《はなし》を信《しん》じてるのか。ただのデマに決《き》まってるだろうが」

「デマ？」

と、納得《なっとく》できないといった顔《かお》で問《と》い返《かえ》す美希《みき》。

「確《たし》かにあの部屋《へや》は、今《いま》はもう使《つか》われていないがな。でもそれは、誰《だれ》かがそこで亡《な》くなったとか、そういうことじゃない」

ハマセンは、美希《みき》に言《い》い聞《き》かせる。

「そもそもあの部屋《へや》は、防犯上何《ぼうはんじょうなに》か問題《もんだい》があったとき、先生《せんせい》が学校《がっこう》に泊《と》まるための部屋《へや》として使《つか》われてたんだ。けど今《いま》はほら、警備員《けいびいん》さんがいるだろ？　10年《ねん》くらい前《まえ》から学校《がっこう》は夜間《やかん》は警備会社《けいびがいしゃ》に警備《けいび》をしてもらうようになったんだ。だからもう、必要《ひつよう》なくなったってことさ」

「本当《ほんとう》にそれだけでしょうか？」

美希《みき》はなおも食《く》いさがる。

「学校《がっこう》は都合《つごう》の悪《わる》い事実《じじつ》を隠《かく》してるんじゃないですか？」

「おまえな～」

ハマセンが言《い》い返《かえ》そうとすると、横《よこ》から健太《けんた》も口《くち》をはさんだ。

「クラスのみんなは『あかずの部屋《へや》』のことを『呪《のろ》いの部屋《へや》』だってウワサしてます。ウワサが立《た》つってことは……やっぱり何《なに》かあるんじゃないですか？」

「おまえら、ほんっと、しつこいな～！　わかった、そこまで言《い》うなら証明《しょうめい》してやるよ！」

「えっ？」

「証明《しょうめい》するって、どうやって？」

真実《しんじつ》は眼鏡《めがね》をクイッと持《も》ち上《あ》げ、身《み》を乗《の》り出《だ》した。

「今夜《こんや》ひと晩《ばん》、先生《せんせい》が『あかずの部屋《へや》』に泊《と》まってやる！」


「ええっ!?」

思《おも》ってもみなかった展開《てんかい》に、一同《いちどう》は驚《おどろ》き、ぼう然《ぜん》とした。

「やめたほうがいいですよ。もしウワサが本当《ほんとう》だったら……」

ハマセンを心配《しんぱい》して、健太《けんた》がおずおずと言《い》う。

「ガハハ！　安心《あんしん》しろ、呪《のろ》いなんてもんは、ただの迷信《めいしん》だ。それより、いいか、おまえたち。先生《せんせい》が『あかずの部屋《へや》』で何事《なにごと》もなく無事《ぶじ》にひと晩《ばん》すごすことができたら、おまえたちにはプール掃除《そうじ》をしてもらうからな」

「それは……」

あわてる健太《けんた》の横《よこ》から、美希《みき》が前《まえ》に進《すす》み出《で》て、にっこりほほえむ。

「いいでしょう。受《う》けて立《た》ちますよ」

「えっ？　いや、でも……。美希《みき》ちゃん、あんなこと言《い》っちゃってるけど、だいじょうぶかな？」

おろおろする健太《けんた》に、真実《しんじつ》は思慮深《しりょぶか》く答《こた》える。

「今《いま》のところ、どちらとも言《い》えないな。その『あかずの部屋《へや》』とやらを、実際《じっさい》にこの目《め》で見《み》てみないことには――」

「あかずの部屋《へや》」は、東校舎《ひがしこうしゃ》3階《かい》の廊下《ろうか》のつきあたりにある小《ちい》さな部屋《へや》だった。

ハマセンは校長先生《こうちょうせんせい》に無理《むり》を言《い》って鍵《かぎ》を借《か》りてくると、部屋《へや》のドアを開《あ》け、布団《ふとん》などを運《はこ》び込《こ》んで泊《と》まる準備《じゅんび》を始《はじ》めた。ハマセンの許可《きょか》を得《え》て、部屋《へや》に足《あし》を踏《ふ》み入《い》れる健太《けんた》、美希《みき》、そして、真実《しんじつ》。

「ここが『あかずの部屋《へや》』か〜」

おそるおそるあたりを見回《みまわ》しながら、健太《けんた》はつぶやく。部屋《へや》は何年《なんねん》も使《つか》われていなかったので少々《しょうしょう》カビくさかったが、「呪《のろ》いの部屋《へや》」とうわさされているような、おどろおどろしさはなかった。

「なんてことない、ふつうの部屋《へや》よね」

美希《みき》はそう言《い》いながら、室内《しつない》のようすを写真《しゃしん》に撮《と》る。

「特《とく》に建《た》てつけが悪《わる》いわけじゃなさそうだな」

ドアや、押《お》し開《びら》きの窓《まど》を開閉《かいへい》して、開《ひら》き具合《ぐあい》を確《たし》かめたあと、真実《しんじつ》は部《へ》屋《や》の中《なか》へと目《め》をやった。

「台所《だいどころ》には換気扇《かんきせん》……エアコンもあるのか」

それを聞《き》いて、ハマセンは「おっ！」と目《め》を輝《かがや》かせる。

「エアコン」と「クーラー」

昔《むかし》のエアコンには冷房《れいぼう》機能《きのう》しかなく、「クーラー」（クールにするものという意味《いみ》）と呼《よ》ばれていた。今《いま》も「エアコン」を「クーラー」と呼《よ》ぶ人《ひと》がいるのは、そのため。ちなみに、「エアコン」は、「エアーコンディショナー」の略《りゃく》。

「こりゃあ、ちょうどいいや！　アパートのクーラーが壊《こわ》れててな、蒸《む》し暑《あつ》くて困《こま》ってたとこだったんだ。おい、なんだったら夏《なつ》のあいだじゅう、先生《せんせい》、ここに泊《と》まってもいいぞ。ガハハハハ！」

いちだんと大《おお》きな声《こえ》で高笑《たかわら》いするハマセン。

健太《けんた》と美希《みき》は、不安《ふあん》げなようすで顔《かお》を見合《みあ》わせた。

「呪《のろ》いなんて信《しん》じないって、ハマセンは言《い》ってたけど、ホントにだいじょうぶかな～？」

帰《かえ》り道《みち》、健太《けんた》はぽつりとつぶやく。プール掃除《そうじ》はイヤだったが、ハマセンには無事《ぶじ》でいてほしいと健太《けんた》は思《おも》った。

「謎野《なぞの》くん、キミはどう思《おも》ってるの？」

「まあ、明日《あす》になれば、すべてが明《あき》らかになるさ」

真実《しんじつ》はそう言《い》って、さっさと先《さき》に帰《かえ》ってしまった。

その晩《ばん》、夜《よ》がふけて……。

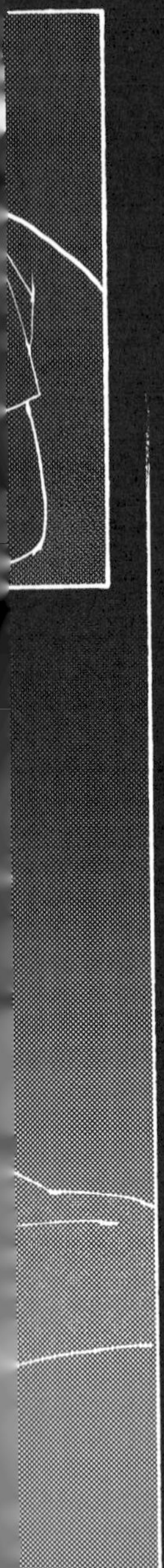

「あかずの部屋《へや》」では、ハマセンが眠《ねむ》れない夜《よる》をすごしていた。

エアコンがきいて快適《かいてき》なはずなのに、なぜだか、ちっとも落《お》ち着《つ》かない。

静《しず》かすぎるせいだろうか？

そうこうするうちに、ハマセンはトイレに行《い》きたくなってきた。

（しまった、水《みず》を飲《の》みすぎたかなぁ……）

トイレは部屋《へや》の外《そと》にあり、いちいち行《い》くのが面倒《めんどう》だったので、そのまま寝《ね》てしまおうと思《おも》ったが、やはり行《い》きたくて眠《ねむ》れない。

（だあ！　もう、めんどくせーなぁ！）

これだったら、暑《あつ》くても自分《じぶん》のアパートにいたほうがよかったとボヤきつつ、ハマセンは、しぶしぶ起《お》き上《あ》がる。そして、部屋《へや》の外《そと》へ出《で》ようとした。


（……あれ？）

ドアノブを回《まわ》し、押《お》してみたが、なぜだかドアが開《あ》かない。

（おっかしいなぁ……ん？　鍵《かぎ》がかかってるのか？）

ドアノブには、押《お》しボタン式《しき》の鍵《かぎ》がついている。しかし、確《たし》かめたところ、

（鍵《かぎ》はかかってない……いったいどうなってるんだ？）

ハマセンはガチャガチャとドアノブを回《まわ》し、押《お》したり引《ひ》いたり、何度《なんど》も試《こころ》みた。

しかし、やはりドアは開《あ》かず、次第《しだい》に焦《あせ》りはじめる。

（……そうか、窓《まど》！　窓《まど》なら開《あ》くかもしれない！）

「ぐぬううううっ!!」

駆《か》け寄《よ》って、押《お》し開《あ》けようとしたが、窓《まど》は外側《そとがわ》から誰《だれ》かに押《お》さえつけられているかのように、びくともしなかった。


（そ、そんなバカな……！）

そのとき、真実《しんじつ》、健太《けんた》、美希《みき》の顔《かお》が頭《あたま》に浮《う》かぶ。

（もしかして、あいつらがイタズラして外《そと》から押《お》さえつけてるのか!?　いや、待《ま》てよ？　ここは3階《かい》……）

ドアならともかく、窓《まど》を外側《そとがわ》から押《お》さえつけるのは不可能《ふかのう》だということに、ハマセンは気《き》づく。美希《みき》が言《い》っていた言葉《ことば》が、このとき、頭《あたま》の中《なか》によみがえってきた。

「10年前《ねんまえ》、その部屋《へや》に教師《きょうし》が閉《と》じ込《こ》められて亡《な》くなったって聞《き》きました」

ハマセンの背中《せなか》に戦慄《せんりつ》が走《はし》る。ふと窓《まど》に目《め》をやると、そこには恐《おそ》ろしい形相《ぎょうそう》の人影《ひとかげ》が、ギロリとこちらをにらむようにして立《た》っていた。

「ギャアアアアアアアアアアアア!!!」

ハマセンの叫《さけ》び声《ごえ》が、真夜中《まよなか》の校舎《こうしゃ》に響《ひび》き渡《わた》った。

翌朝《よくあさ》、健太《けんた》はいつもより早《はや》く目《め》が覚《さ》めてしまった。

「あら、珍《めずら》しいじゃない？」

ひとりで起《お》きてきた健太《けんた》を見《み》て、お母《かあ》さんは目《め》を丸《まる》くする。健太《けんた》には保育園《ほいくえん》に通《かよ》う双子《ふたご》の弟《おとうと》たちがいたが、いつもは弟《おとうと》たちより朝寝坊《あさねぼう》なのだ。

「今日《きょう》は朝《あさ》ごはんいらない。学校《がっこう》に早《はや》く行《い》かなくちゃいけない用《よう》があるんだ」

急《いそ》いで家《いえ》を出《で》ようとした健太《けんた》に、お母《かあ》さんは、

「これだけでも持《も》っていきなさい！」

と、紙《かみ》パックの牛乳《ぎゅうにゅう》を手渡《てわた》した。

健太《けんた》がパックの牛乳《ぎゅうにゅう》を飲《の》みながら校門《こうもん》の近《ちか》くまでやってきたとき、前《まえ》を歩《ある》いている真実《しんじつ》の姿《すがた》が目《め》に入《はい》った。

「謎野《なぞの》くーん！」

叫《さけ》びながら、真実《しんじつ》に駆《か》け寄《よ》っていく健太《けんた》。

「もしかして、謎野《なぞの》くんも？　ハマセンのことが心配《しんぱい》で早《はや》めに来《き》たの？」

健太《けんた》は息《いき》を弾《はず》ませながらたずねたが、「べつに」と真実《しんじつ》は素《そ》っ気《け》なく答《こた》えた。

「心配《しんぱい》はしてないさ。ただ結果《けっか》は見《み》えているから、実験《じっけん》を早《はや》く終《お》わらせようと思《おも》ってね」

「じ、実験《じっけん》？」

健太《けんた》は何《なん》のことやらわからず、ポカンとした。

そこへ、「なんだ、あなたたちも来《き》てたの」と、ふたりの背後《はいご》で声《こえ》がした。

振《ふ》り向《む》くと、そこには、美《み》希《き》が立《た》っていた。

「えっ、美《み》希《き》ちゃんも⁉」

「スクープをモノにするには、誰《だれ》よりも早《はや》く現場《げんば》に駆《か》けつけないとね！」

カメラを手《て》に、やる気満々《きまんまん》の美《み》希《き》。ひとりで確《たし》かめにいくことを内心怖《ないしんこわ》いと思《おも》っていた健《けん》太《た》は、真実《しんじつ》や美《み》希《き》がいてくれてよかったと思《おも》った。

ハマセンの無事《ぶじ》を確《たし》かめるため、３人《にん》は連《つ》れ立《だ》って東校舎《ひがしこうしゃ》へと向《む》かった。

東校舎《ひがしこうしゃ》の階段《かいだん》を上《あ》がっていく３人《にん》。まだ朝早《あさはや》い時間《じかん》なので、校舎《こうしゃ》には誰《だれ》の姿《すがた》もなく、あたりはシンと静《しず》まりかえっていた。

「ハマセン、無事《ぶじ》でいるかな〜？」

などと言《い》いながら、３階《かい》まで上《あ》がると、廊下《ろうか》の奥《おく》から、

ドンドン！　ドンドン！

とドアを激《はげ》しくたたく音《おと》が聞《き》こえ、続《つづ》いてハマセンの声《こえ》が聞《き》こえてきた。

「助《たす》けてくれ〜〜！」

３人《にん》はいっせいに部屋《へや》の前《まえ》まで走《はし》っていき、ドアの向《む》こう側《がわ》にいるハマセンに向《む》かって叫《さけ》んだ。

「先生《せんせい》、だいじょうぶですか⁉」

「いったい何《なに》があったんですか⁉」

「**ドアが……ドアが開《あ》かないんだ！**」

部屋《へや》の中《なか》からは、今《いま》にも泣《な》きそうなハマセンの声《こえ》。３人《にん》は外側《そとがわ》からドアを開《あ》けようとしたが、押《お》しても引《ひ》いてもドアは開《あ》かなかった。

「やっぱり、ここは『あかずの部屋《へや》』だったんだ！」

ショックでぼう然《ぜん》とする健太《けんた》。

「ハマセンは呪《のろ》われて死《し》んじゃうの？　いやあああっ！」

美希《みき》は悲鳴《ひめい》を上《あ》げ、顔《かお》をおおう。

「こらあっ！　縁起《えんぎ》でもないことを言《い》うな！」

部屋《へや》の中《なか》から、ハマセンが怒鳴《どな》る。声《こえ》をからしているせいか、いつもの迫力《はくりょく》はない。

「先生《せんせい》、エアコンはつけてますか？」

そのとき、真実《しんじつ》が、冷静《れいせい》な口調《くちょう》でハマセンに質問《しつもん》を投《な》げかけた。

「先生《せんせい》は暑《あつ》がりだから、クーラーはゆうべからつけっぱなしだ」

「換気扇《かんきせん》は？」

「部屋《へや》がカビくさかったから、換気扇《かんきせん》もずっと、つけっぱなしにしてあるぞ。そんなことはいいから、早《はや》くここから出《だ》してくれ!!」

「では、今《いま》すぐそのふたつのスイッチを切《き》ってください」

「えっ？」

一瞬《いっしゅん》、ためらうような間《ま》があったあと、部屋《へや》の中《なか》からリモコンのスイッチを押《お》すピッという音《おと》が聞《き》こえ、ハマセンから返事《へんじ》がかえってきた。

「切《き》ったけど……これでドアが開《あ》くようになるのか？」

「たぶん、そのうち」と、真実《しんじつ》は答《こた》える。

「そ、そのうちだと!?　おい、今《いま》すぐ消防署《しょうぼうしょ》に連絡《れんらく》しろ！　はしご車《しゃ》を呼《よ》べ！」

「落《お》ち着《つ》いてください。だいじょうぶ、ドアは必《かなら》ず開《あ》きますから。しばらく待《ま》っていてください」

真実《しんじつ》はそう言《い》って、ハマセンをなだめた。

「謎野《なぞの》くん、どうしてわかるの？」

「その牛乳《ぎゅうにゅう》パックと同《おな》じことさ」

そう言《い》われてはじめて、健太《けんた》は、飲《の》み終《お》えてへこんだ牛乳《ぎゅうにゅう》パックを、ずっと手《て》で持《も》ったままだったことに気《き》がついた。

牛乳《ぎゅうにゅう》パックがへこむのはなぜか考《かんが》えてみよう

解《かい》決《けつ》編《へん》

しばらく経《た》ったころ、真実《しんじつ》は、部屋《へや》の中《なか》に、

「そろそろ開《あ》けてみてください」

と声《こえ》をかけた。

中《なか》からカチャッと、ドアノブを回《まわ》す音《おと》がした。

「開《あ》いた！」


「もれるううう〜〜〜っ!!」

その瞬間《しゅんかん》、ハマセンが叫《さけ》び声《ごえ》をあげながら、「あかずの部屋《へや》」から飛《と》び出《だ》してきた。そして、そのまま、トイレに直行《ちょっこう》——。


しばらくしてハマセンは、やれやれといった表情《ひょうじょう》でトイレから戻《もど》ってきた。

「おい、いったいどうしてドアが開《あ》いたんだ？　いや、そもそも、どうして開《あ》かなくなったんだ？」

「『負圧《ふあつ》』ですよ、先生《せんせい》」

ハマセンの問《と》いに、真実《しんじつ》は答《こた》える。

「大気圧《たいきあつ》をゼロとして、それより気圧《きあつ》が低《ひく》くなっている状態《じょうたい》を『負圧《ふあつ》』っていうんです。エアコンや換気扇《かんきせん》をつけっぱなしにしたことで、室内《しつない》の空《くう》気《き》が外《そと》に多《おお》く排出《はいしゅつ》され、外《そと》の空気《くうき》とのあいだに気圧差《きあつさ》が生《しょう》じたんですよ」

真実《しんじつ》は説明《せつめい》したが、ハマセンはキョトンとしたままだ。健太《けんた》や美希《みき》も、理解《りかい》しかねるといった顔《かお》で首《くび》をかしげている。

「わかりやすく言《い》えば……」

真実《しんじつ》は、健太《けんた》の手《て》から牛乳《ぎゅうにゅう》の紙《かみ》パックを取《と》り上《あ》げて、それをハマセンの前《まえ》にかざした。

「ほら、こんなふうに、紙《かみ》パックの牛乳《ぎゅうにゅう》をストローで最後《さいご》の1滴《てき》まで吸《す》い込《こ》むと、容器《ようき》がへこみますよね？」

「ああ」

「それは紙《かみ》パック中《ちゅう》の空気《くうき》が吸《す》い出《だ》されたことで内部《ないぶ》の気圧《きあつ》が低《ひく》くなり、外側《そとがわ》の空気《くうき》に押《お》されたからなんです。『あかずの部屋《へや》』もこれと同《おな》じで、空気《くうき》が減《へ》ったことで、外《そと》の空気《くうき》で部屋《へや》が内側《うちがわ》へと押《お》され、ドアや窓《まど》が開《あ》か

気圧《きあつ》
大気《たいき》の圧力《あつりょく》の強《つよ》さ。大《たい》気《き》の標準的《ひょうじゅんてき》な状態《じょうたい》では、1気圧《きあつ》＝1013ヘクトパスカルと定《さだ》められている。

なくなったんですよ」

「なるほど〜、この部屋《へや》のドアは外開《そとびら》きだしな。内側《うちがわ》に向《む》かって圧力《あつりょく》がかかったら……そりゃ開《あ》かなくなるワケだ」

ハマセンが言《い》うと、健太《けんた》もうなずく。

しかし、美希《みき》はまだ納得《なっとく》できなかった。

「それじゃ、エアコンと換気扇《かんきせん》を止《と》めたあと、ドアが開《あ》くようになったのはどうしてなの？」

「それは空気《くうき》の性質《せいしつ》を考《かんが》えればわかることさ」

空気《くうき》には、通常《つうじょう》の状態《じょうたい》では、気圧《きあつ》の高《たか》いほうから低《ひく》いほうへと流《なが》れていく性質《せいしつ》がある、と真実《しんじつ》は説明《せつめい》する。

「エアコンや換気扇《かんきせん》の使用《しよう》で、外《そと》の空気《くうき》との気圧《きあつ》の差《さ》が生《しょう》じた室内《しつない》。しかし、スイッチを切《き》れ

空気《くうき》の圧力《あつりょく》

ドアが開《あ》かない！

ば、換気口《かんきこう》や窓《まど》のすきまから外《そと》の空気《くうき》が自然《しぜん》に流《なが》れ込《こ》んで、もとの状態《じょうたい》に戻《もど》るんだ」

「なるほど……そういうことね」

美希《みき》もうなずく。

「そっか、そっか。ま、今《いま》の説明《せつめい》で、ドアが開《あ》かなくなった原因《げんいん》はわかった。だがな、どうしても説明《せつめい》のつかないことが、ひとつだけある。……先生《せんせい》は見《み》たんだ」

「見《み》たって、何《なに》をです？」

問《と》い返《かえ》す真実《しんじつ》に、ハマセンはおずおずと切《き》り出《だ》す。

「つまり、その……ゆう…れい？　世《よ》にも恐《おそ》ろしい顔《かお》をした人影《ひとかげ》が立《た》ってたんだよ」

ハマセンはそう言《い》って、カーテンを閉《し》め切《き》っ

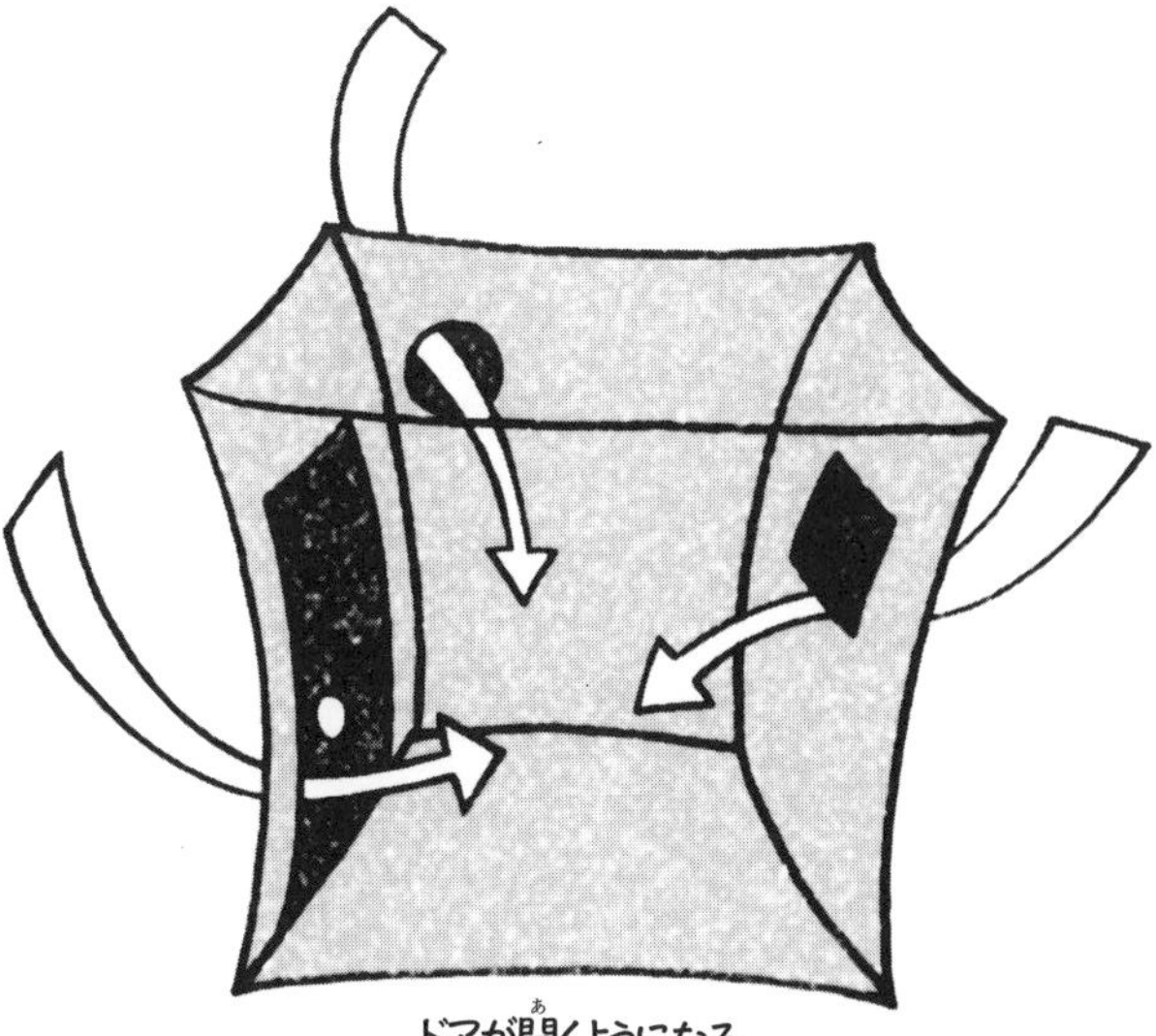

た窓《まど》を指《ゆび》さした。

「3階《かい》の窓《まど》の外《そと》に人影《ひとかげ》が立《た》ってるなんてあり得《え》ないだろ？　ありゃどう考《かんが》えても、幽霊《ゆうれい》としか……」

「それって、窓《まど》ガラスに映《うつ》った先生自身《せんせいじしん》の姿《すがた》だったんじゃないですか？」

「へ？」

真実《しんじつ》の指摘《してき》にハマセンはハッとなり、カーテンを開《あ》けて自分《じぶん》の姿《すがた》を窓《まど》に映《うつ》してみた。

「そ、そういえば、こんな顔《かお》だったかな？　ハハ……なんだ、あれはオレだったのか」

力《ちから》なく笑《わら》うハマセンを見《み》て、健太《けんた》と美希《みき》は思《おも》わず、プッとふき出《だ》す。

「ま、結論《けつろん》から言《い》うと、この部屋《へや》は呪《のろ》いの部屋《へや》でもなんでもなかったってことだな。先生《せんせい》の勇気《ゆうき》ある行動《こうどう》のおかげでそのことが確《たし》かめられて、おまえらも安心《あんしん》したろ？」

胸《むね》を張《は》って言《い》い切《き》るハマセンを前《まえ》に、健太《けんた》と美希《みき》と真実《しんじつ》はあきれるばかりだった。


その日《ひ》の放課後《ほうかご》。真実《しんじつ》と健太《けんた》は6年《ねん》2組《くみ》の教室《きょうしつ》にいた。

「何《なに》はともあれ、一件落着《いっけんらくちゃく》だね」

健太《けんた》はつぶやき、窓《まど》ぎわに立《た》っている真実《しんじつ》をまぶしそうに見《み》た。

「謎野《なぞの》くんってやっぱり天才《てんさい》だよ。『あかずの部屋《へや》』が開《あ》かなくなるしくみを、最初《さいしょ》から知《し》っていたの？」

「だいたいのところはね」

と真実《しんじつ》は答《こた》える。

「火《ひ》のないところに煙《けむり》は立《た》たない……うわさには必《かなら》ず、そのもととなる事実《じじつ》が隠《かく》されている。10年前《ねんまえ》、教師《きょうし》があの部屋《へや》に閉《と》じ込《こ》められたっていうのは、おそらく本当《ほんとう》だろう。季節《きせつ》が夏《なつ》ということから、エアコンが関係《かんけい》してるってことも容易《ようい》に想像《そうぞう》がつく」

「じゃあ、その先生《せんせい》が死《し》んじゃったっていうのは……」

「それはたぶん、うわさに尾《お》ひれがついただけだ。10年前《ねんまえ》だって携帯電話《けいたいでんわ》くらいはあっただろうし、１か月《げつ》も部屋《へや》に閉《と》じ込《こ》められたままなんて考《かんが》えられない」

「あかずの部屋《へや》」で亡《な》くなった人《ひと》はいないらしいとわかり、健太《けんた》はホッと胸《むね》をなでおろした。

4

SCIENCE TRICK DATA FILE

科学《かがく》トリック データファイル

空気《くうき》のすごい威力《いりょく》

目《め》には見《み》えませんが、空気《くうき》には重《おも》さがあります。気圧《きあつ》とは、その空気《くうき》の重《おも》さで、大気《たいき》の圧力《あつりょく》の強《つよ》さです。

気圧《きあつ》は、上《うえ》に乗《の》っている空気《くうき》の量《りょう》によって変《か》わります。高《たか》いところに行《い》けば行《い》くほど、上《うえ》に乗《の》っている空気《くうき》は少《すく》なくなるので、気圧《きあつ》は下《さ》がります。山《やま》の頂上《ちょうじょう》の気《き》圧《あつ》が低《ひく》いのは、そのためです。

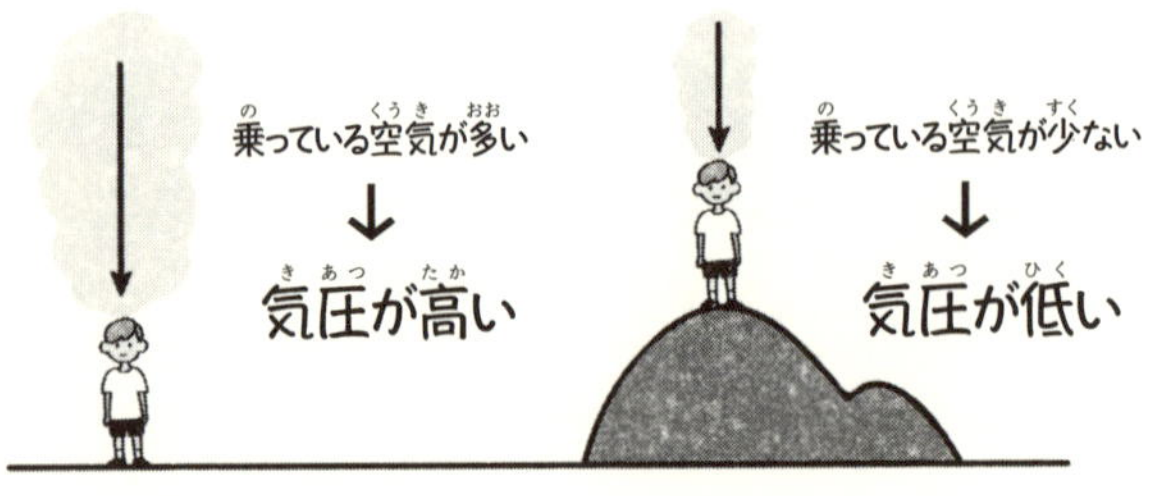

【実験《じっけん》してみよう】

水《みず》を入《い》れたコップに、はがきなどの厚紙《あつがみ》でぴったりふたをして逆《さか》さにし、ゆっくり手《て》をはなしてみましょう。なんと、水《みず》はこぼれません。これは、空気《くうき》が下《した》からはがきを押《お》す力《ちから》（気圧《きあつ》）がはたらいているからです。実《じつ》は気圧《きあつ》は、上《うえ》からだけでなく、あらゆる方向《ほうこう》からはたらいています。

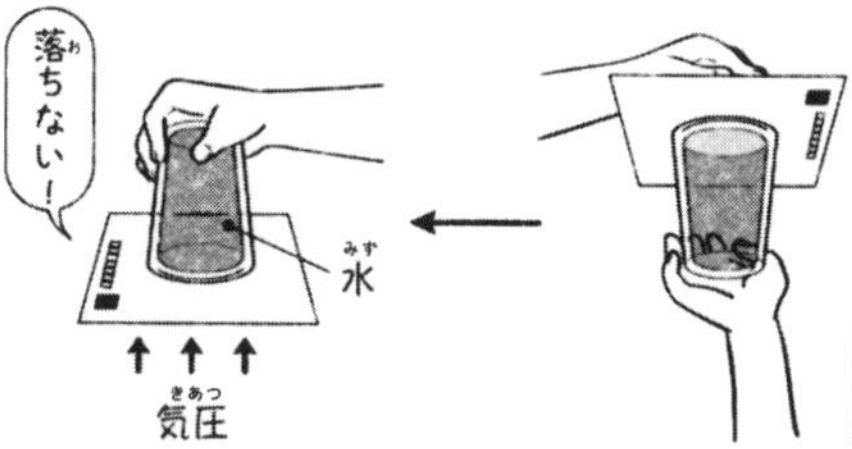

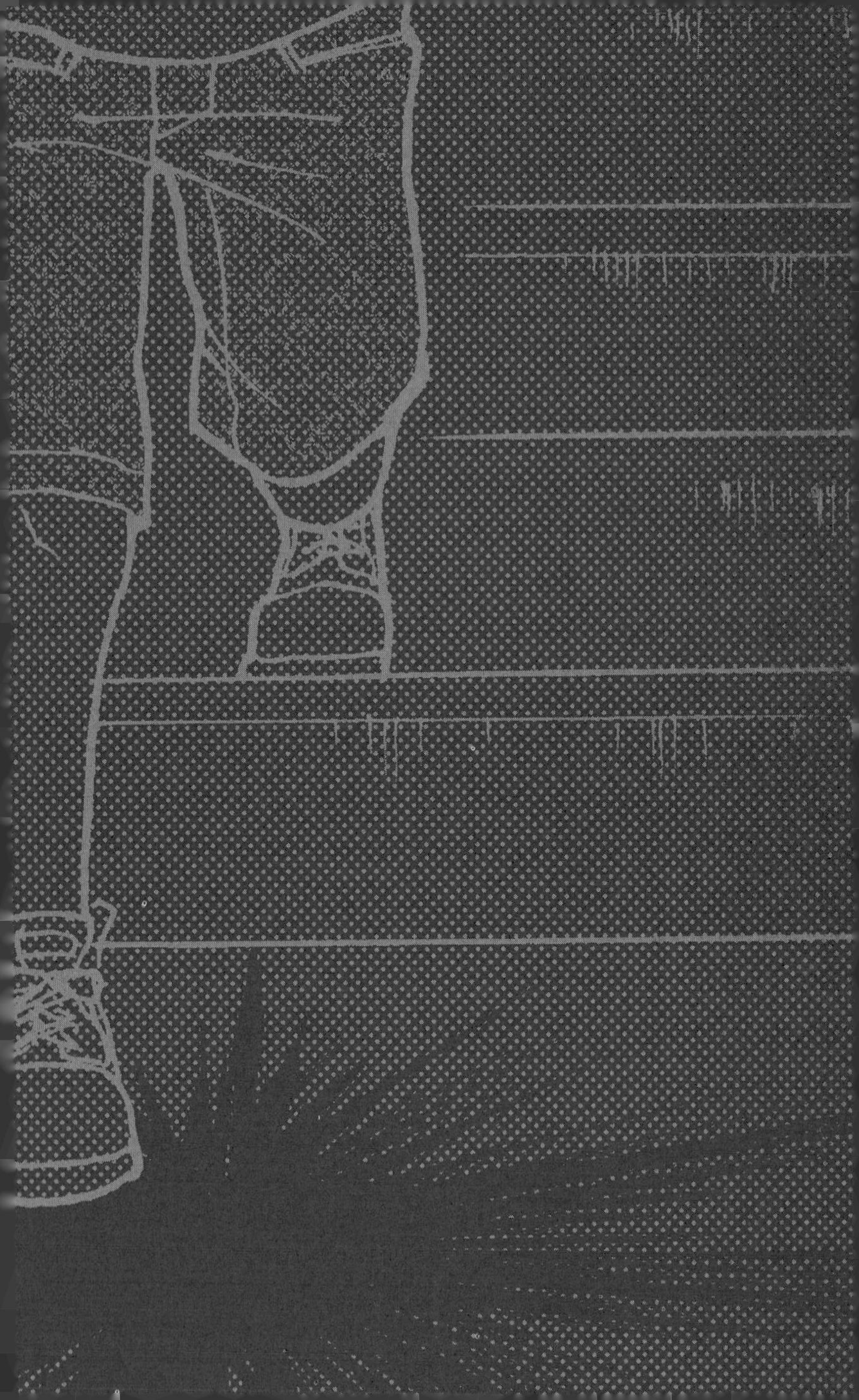

学校《がっこう》の七不思議《ななふしぎ》5

呪《のろ》いの13階段《かいだん》事件《じけん》編《へん》

とっぷりと日《ひ》が暮《く》れ、あたりが闇《やみ》につつまれた夜《よる》7時《じ》。

花森小学校《はなもりしょうがっこう》の裏門《うらもん》にあやしい人影《ひとかげ》があった。

素早《すばや》くまわりのようすをうかがい、金網《かなあみ》のすきまからスルリと校内《こうない》に体《からだ》を滑《すべ》りこませた、その人影《ひとかげ》の正体《しょうたい》は……。


「いてててっ！　金網《かなあみ》にひっかかった〜！」


情《なさ》けない悲鳴《ひめい》をあげた人影《ひとかげ》は、なんと宮下健太《みやしたけんた》だった。

健太《けんた》は、服《ふく》にひっかかった金網《かなあみ》を慎重《しんちょう》にはずすと、目《め》の前《まえ》にそびえ立《た》つ、旧校舎《きゅうこうしゃ》をキッと見上《みあ》げた。

古《ふる》い木造建《もくぞうだ》ての旧校舎《きゅうこうしゃ》は、暗闇《くらやみ》の中《なか》、不気味《ぶきみ》なオーラを放《はな》っている。

「うわ〜っ、やっぱりメチャクチャ怖《こわ》い……」

しかし、健太《けんた》はブルブルと頭《あたま》を振《ふ》ると、再《ふたた》び旧校舎《きゅうこうしゃ》を強《つよ》くにらみ直《なお》した。

「いいや、ぼくはやるぞ。謎野《なぞの》くんはアテにできない。ぼくひとりで『呪《のろ》いの階段《かいだん》』のナゾを解《と》いてみせる！」

これまで、謎野真実《なぞのしんじつ》を誰《だれ》よりアテにしてきた健太《けんた》の口《くち》から出《で》た意外《いがい》な言葉《ことば》。

いったい、健太《けんた》と真実《しんじつ》のあいだに何《なに》があったのか？　事《こと》の起《お》こりは、その日《ひ》の放課後《ほうかご》だった。

「謎野《なぞの》くん、聞《き》いてほしい話《はなし》があるんだ。とっておきのナゾだよ！」

ひとりでサッサと下校《げこう》していく真実《しんじつ》に、健太《けんた》が追《お》いついたのは校門《こうもん》の前《まえ》だった。

「とっておき？　それはいったい、どんなナゾだい？」

「うちの学校《がっこう》の七不思議《ななふしぎ》のひとつでね、『呪《のろ》いの階段《かいだん》』っていうんだ」

「呪《のろ》いの階段《かいだん》……」

その言葉《ことば》を聞《き》いた瞬間《しゅんかん》、真実《しんじつ》の顔《かお》が曇《くも》ったが、健太《けんた》は気《き》にせず話《はなし》を続《つづ》けた。

花森小学校《はなもりしょうがっこう》で、昔《むかし》、若《わか》い女《おんな》の先生《せんせい》が、旧校舎《きゅうこうしゃ》の2階《かい》にある階段《かいだん》から足《あし》を踏《ふ》み外《はず》し、大《おお》きなけがをした。

すぐに入院《にゅういん》したが、その先生《せんせい》は13日間《にちかん》苦《くる》しんだ末《すえ》に亡《な》くなったという。

それ以来《いらい》、その階段《かいだん》では不思議《ふしぎ》なことが起《お》きるようになった。

階段《かいだん》の数《かず》を数《かぞ》えながら上《のぼ》ると、12段《だん》しかない階段《かいだん》が、1段《だん》増《ふ》えて13段《だん》になることがあるのだ。

そして、その13段《だん》の階段《かいだん》を見《み》た人《ひと》は、13日《にち》以内《いない》に大《おお》きな災難《さいなん》にあうという。

「どう？　すごいナゾじゃない!?」

真実《しんじつ》は、興奮《こうふん》しながら話《はな》す健太《けんた》の顔《かお》をチラリと見《み》ると、溜《た》め息《いき》をついた。

「悪《わる》いけど、その話《はなし》はナゾじゃない。ただのデマだよ」

「えっ、デマ!?　それってどういうこと？」

「その階段《かいだん》はもう調査済《ちょうさず》みさ。何度《なんど》数《かぞ》えても階段《かいだん》は12段《だん》のまま。まわりにあやしいところもない。ぼくが出《だ》した結論《けつろん》はひとつ——誰《だれ》かが階段《かいだん》の数《かず》を数《かぞ》え間違《まちが》えて、そのうわさがいつのまにか広《ひろ》まった。いわゆる『カン違《ちが》

13という数字《すうじ》
「13」は、西洋《せいよう》における忌《い》み数《かず》（不吉《ふきつ》とされる数《かず》）。「イエス・キリストが処刑《しょけい》された日《ひ》が13日《にち》の金曜日《きんようび》だったため」ともいわれるが、このほかにもいろいろな説《せつ》がある。

13階段《かいだん》
死刑台《しけいだい》への階段《かいだん》が13段《だん》だという説《せつ》から、13段《だん》の階段《かいだん》は不吉《ふきつ》なものとされている。だが実際《じっさい》に、死刑台《しけいだい》への階段《かいだん》が必《かなら》ずしも13段《だん》とは限《かぎ》らない。

い』ってやつだよ」

「そんな〜。この世《よ》に科学《かがく》で解《と》けないナゾはなかったんじゃないの？」

「もちろん。けれどデマなら話《はなし》は別《べつ》さ。つきあうだけ時間《じかん》の無駄《むだ》だよ」

そう言《い》うと真実《しんじつ》は、健太《けんた》にクルリと背《せ》を向《む》けて行《い》ってしまった。

だが、健太《けんた》は真実《しんじつ》の答《こた》えにどうにも納得《なっとく》がいかなかった。

(学校《がっこう》に伝《つた》わる由緒正《ゆいしょただ》しい七不思議《ななふしぎ》を「デマ」だなんて……。よ〜し、ぼくはやるぞ。ぼくひとりで「呪《のろ》いの階段《かいだん》」のナゾを解《と》いてみせる！)


そうして健太《けんた》は、怖《こわ》いのをガマンして、ひとりで夜《よる》の小学校《しょうがっこう》に忍《しの》び込《こ》んだのだった。

(きっと謎野《なぞの》くんも、夜《よる》の階段《かいだん》は数《かぞ》えていないはずだ……)

呪《のろ》いの階段《かいだん》は、旧校舎《きゅうこうしゃ》の2階《かい》にある。

うす暗《ぐら》い旧校舎《きゅうこうしゃ》の中《なか》を進《すす》む健太《けんた》の心臓《しんぞう》はドキンドキンと高鳴《たかな》った。

健太《けんた》はようやく、2階《かい》の廊下《ろうか》の中《なか》ほどにある「呪《のろ》いの階段《かいだん》」にたどり着《つ》いた。

旧校舎《きゅうこうしゃ》は2階建《かいだ》てなのに、その階段《かいだん》は2階《かい》からさらに上《のぼ》るようにつくられている。

階段《かいだん》の上《うえ》は踊《おど》り場《ば》になっていて、ここ数年《すうねん》は道具置《どうぐお》き場《ば》として使《つか》われているようだ。

危《あぶ》ないから、先生以外《せんせいいがい》は立《た》ち入《い》り禁止《きんし》にされている場所《ばしょ》だ。

（よし、階段《かいだん》の数《かず》を数《かぞ》えるぞ！）

健太《けんた》はゴクリとつばをのみこむと、覚悟《かくご》を決《き》めて階段《かいだん》を上《のぼ》りはじめた。

「1段《だん》……2段《だん》……」

あたりは静《しず》けさにつつまれ、ひと足《あし》ごとに、ギシリ……と床《ゆか》がきしむ音《おと》が響《ひび》く。

「5段《だん》……6段《だん》……」

ギシリ……ギシリ……。

（あ〜！　どうか12段《だん》のままでありますように‼）

さっきの覚悟《かくご》はどこへやら。健太《けんた》は今《いま》すぐにでも逃《に》げ出《だ》したい気持《きも》ちだった。

「10段《だん》……11段《だん》……12段《だん》。やった、上《のぼ》りきったぞ！」

しかし、足《あし》がついた場所《ばしょ》は、階段《かいだん》のいちばん上《うえ》ではなかった。

「えっ!?」

足元《あしもと》を見《み》ると、もう1段残《だんのこ》っている。

(ま、まさかこれって……)

健太《けんた》は、震《ふる》える足《あし》を、おそるおそるもう1段上《だんうえ》へ踏《ふ》み出《だ》した。

「じゅ、じゅ……13段《だん》!?」

そこが階段《かいだん》のいちばん上《うえ》だった。健太《けんた》の首筋《くびすじ》を冷《ひ》や汗《あせ》が流《なが》れた。

(ハ、ハハハ、ぼくってドジだなぁ。こんなときに数《かぞ》え間違《まちが》えちゃうなんて……)

そう自分《じぶん》に言《い》い聞《き》かせると、健太《けんた》は階段《かいだん》を下《お》りながら、もう一度《いちど》数《かぞ》え直《なお》した。

しかし、その数《かず》はやはり13段《だん》だった。

「ホ、ホントに呪《のろ》いの階段《かいだん》だ! うわ~~っ!!」

健太《けんた》は叫《さけ》び声《ごえ》をあげると、転《ころ》がるようにその場《ば》から逃《に》げ出《だ》した。

次《つぎ》の朝《あさ》。恐怖《きょうふ》で青《あお》ざめた顔《かお》の健太《けんた》が校門《こうもん》の前《まえ》に立《た》っていた。

健太《けんた》は、真実《しんじつ》の姿《すがた》を見《み》つけると、泣《な》き出《だ》しそうな顔《かお》で駆《か》け寄《よ》った。

「た、たいへんだよ！　ゆうべ、呪《のろ》いの階段《かいだん》を見《み》ちゃったんだ！」

「言《い》ったろう？　その話《はなし》はただのデマだって」

「ホントに13段《だん》あったんだよ！　どうしよう、13階段《かいだん》を見《み》た人《ひと》は13日以内《にちいない》に大《おお》きな災難《さいなん》にあうって！　その証拠《しょうこ》にゆうべからひどいことばかり続《つづ》いてるんだ。帰《かえ》り道《みち》に犬《いぬ》のウンコを踏《ふ》んじゃうし、朝《あさ》ごはんに大《だい》きらいなピーマンが出《で》るし。ああ〜、これじゃこの先《さき》、どんなひどい災難《さいなん》にあうか」

血《ち》の気《け》の引《ひ》いた顔《かお》で嘆《なげ》く健太《けんた》を見《み》て、真実《しんじつ》は溜《た》め息《いき》をついた。

「……しょうがない。そこまで言《い》うなら、もう一度《いちど》現場《げんば》を見《み》にいってみよう」


放課後《ほうかご》。

真実《しんじつ》と健太《けんた》は呪《のろ》いの階段《かいだん》へと向《む》かった。

真実《しんじつ》は、軽《かろ》やかにステップを踏《ふ》みながら階段《かいだん》を上《のぼ》り、段数《だんすう》を数《かぞ》えた。

「前《まえ》に調《しら》べたとおりだ。12段《だん》だよ」

「もとの数《かず》に戻《もど》ってる!?」

健太《けんた》がおそるおそる階段《かいだん》を上《のぼ》ると、上《うえ》は広《ひろ》い踊《おど》り場《ば》になっていた。

大《おお》きな窓《まど》があり、校庭《こうてい》のようすがよく見渡《みわた》せる。

壁《かべ》ぎわには、使《つか》わない椅子《いす》や机《つくえ》などの道具《どうぐ》が積《つ》まれ、青《あお》いシートがかけられていた。

真実《しんじつ》は、注意深《ちゅういぶか》くあたりを見回《みまわ》すと、こう言《い》った。

「なるほど。キミの言《い》うことも、まんざら間違《まちが》いでもなさそうだな」

「そ、それじゃあ、呪《のろ》いの階段《かいだん》のこと信《しん》じてくれるの?」

「この階段《かいだん》、以前《いぜん》ぼくが見《み》たときとは、ひとつ大《おお》きな違《ちが》いがあるようだ」

「大《おお》きな違《ちが》い?」

真実《しんじつ》が指《ゆび》さした先《さき》を見《み》ると、そこだけ、四角《しかく》い形《かたち》に壁《かべ》の色《いろ》が違《ちが》っていた。

「なんだろう、ここ。なんか、絵《え》でも飾《かざ》ってあったような……」

「そのとおり。ぼくが見《み》たときには、額縁《がくぶち》に入《はい》った絵《え》が飾《かざ》られていた。壁《かべ》に飾《かざ》ってあった絵《え》

が消《き》えたこと。そしてキミが見《み》た13段目《だんめ》の階段《かいだん》。このふたつには、何《なに》か関係《かんけい》があるのかもしれない」

「謎《なぞ》野くんはその絵《え》を見《み》たんだよね？どんな絵《え》だったの？」

「これさ」

真実《しんじつ》は、ポケットから1枚《まい》の紙《かみ》を取《と》り出《だ》して見《み》せた。

そこには、ひどくほこりをかぶり、色《いろ》あせた、若《わか》い女性《じょせい》の肖像画《しょうぞうが》がプリントされていた。

「図書室《としょしつ》で見《み》つけたんだ。数年前《すうねんまえ》の卒《そつ》業《ぎょう》アルバムにこの踊《おど》り場《ば》の写真《しゃしん》があってね。それをコピーしたんだ」

絵《え》の中《なか》の女性《じょせい》は、ピンク色《いろ》の服《ふく》を着《き》てやさしそうなほほえみを浮《う》かべている。

「この女《おんな》の人《ひと》、誰《だれ》だろう？」

「それも図書室《としょしつ》で調《しら》べたよ。どうやら今《いま》から約《やく》40年前《ねんまえ》、この学校《がっこう》にいた先生《せんせい》らしい」

「40年前《ねんまえ》!? そんな昔《むかし》の先生《せんせい》？」

「だけど少《すこ》し妙《みょう》でね。この先生《せんせい》の写真《しゃしん》や名前《なまえ》が出《で》てくるのは1年間《ねんかん》だけ。その後《ご》はどこにも見《み》つからない」

「どこにも？ それって、どういうことなんだろう？」

その瞬間《しゅんかん》、健太《けんた》はあることを思《おも》い出《だ》した。

「呪《のろ》いの階段《かいだん》のウワサ！ この学校《がっこう》で、昔《むかし》、女《おんな》の先生《せんせい》が階段《かいだん》を踏《ふ》み外《はず》して亡《な》くなったって。この女《おんな》の人《ひと》、まさかその先生《せんせい》なんじゃ!?」

「どうかな。階段《かいだん》の事故《じこ》の記録《きろく》は見《み》つからなかった」

「いいや、きっとそうだよ。この女《おんな》の人《ひと》の霊《れい》が、ゆうべぼくにとり憑《つ》いたんだ。だから壁《かべ》から絵《え》が消《き》えたんだ。わ〜〜、やっぱりぼくは呪《のろ》われたんだ〜!!」

健太《けんた》は手足《てあし》をバタバタさせて泣《な》きわめいた。

次《つぎ》の瞬間《しゅんかん》。

パーン！と、大《おお》きな音《おと》があたりに響《ひび》いた。

「ひゃあっ！」

我《われ》に返《かえ》った健太《けんた》が見《み》ると、その目《め》の前《まえ》に、真実《しんじつ》の両方《りょうほう》の手《て》のひらがあった。

どうやら、健太《けんた》の顔《かお》の前《まえ》で、手《て》のひらを打《う》ち鳴《な》らしたらしい。

「あわてそうなときほど冷静《れいせい》に。それが探偵《たんてい》の鉄則《てっそく》だ」

真実《しんじつ》は、健太《けんた》の目《め》を見《み》つめて静《しず》かに言《い》った。

「でも、呪《のろ》い以外《いがい》に、絵《え》が消《き》えたことと13階段《かいだん》の関係《かんけい》をどう説明《せつめい》するの？」

「科学的《かがくてき》に考《かん》えてみよう。いいかい、絵《え》がパッと手品《てじな》のように消《き》えることはない。だとすれば、答《こた》えはひとつ。誰《だれ》かがこの場所《ばしょ》から絵《え》を持《も》ち去《さ》ったんだ」

「誰《だれ》かが持《も》ち去《さ》った？」

真実《しんじつ》は壁《かべ》に近《ちか》づき、飾《かざ》られていた絵《え》の跡《あと》に手《て》をのばした。

「絵《え》はかなり高《たか》い位置《いち》に飾《かざ》られていた。大人《おとな》でも取《と》り外《はず》しにくい高《たか》さにね。キミならどうやってこの絵《え》を取《と》り外《はず》す？」

「なんだ。謎野《なぞの》くんも意外《いがい》と頭《あたま》が回《まわ》らないね。決《き》まってるさ。ぼくなら足元《あしもと》に台《だい》を置《お》くよ。そうすれば……」

そこまで言《い》って、健太《けんた》はハッと気《き》がついた。

「……台《だい》？　それってもしかして!?」

真実《しんじつ》は、うなずいた。

「ようやく気《き》がついたね。そう。13段目《だんめ》の階段《かいだん》は、絵《え》を取《と》り外《はず》すために誰《だれ》かが置《お》いた台《だい》だったのさ」

その言葉《ことば》を聞《き》いた健太《けんた》は、ヘナヘナとその場《ば》に座《すわ》りこんだ。

「じゃあ、ゆうべぼくが見《み》たのは呪《のろ》いの階段《かいだん》じゃなかったの？　呪《のろ》いも災難《さいなん》もなし？」

「そういうことになるね」

「よかった〜。ぼく、このままだとどうなっちゃうかと思《おも》って……あれ？」

ふいに健太《けんた》が床《ゆか》を指《ゆび》さした。

「あそこ！　何《なに》かをひきずった跡《あと》がある」

見《み》ると、かすかだが床《ゆか》に細《ほそ》いキズ跡《あと》が残《のこ》っていた。

真実《しんじつ》が指先《ゆびさき》でたどると、そのキズ跡《あと》はシートでおおわれた荷物《にもつ》へと続《つづ》いている。

「この中《なか》だ」

真実《しんじつ》はシートをめくった。

そこには、朝礼《ちょうれい》などで先生《せんせい》が使《つか》う木製《もくせい》の踏《ふ》み台《だい》が立《た》てかけられていた。

「見《み》つけたよ。これが13段目《だんめ》の階段《かいだん》の正体《しょうたい》だ」

見《み》つけた踏《ふ》み台《だい》を肖像画《しょうぞうが》の下《した》に置《お》くと、真実《しんじつ》が言《い》ったとおり、台《だい》の端《はし》は階段《かいだん》のすぐ近《ちか》くに届《とど》いた。

「ゆうべ、キミはこの台《だい》の上《うえ》に乗《の》った。それを13段目《だんめ》の階段《かいだん》だとカン違《ちが》いしたのさ」

健太《けんた》は、ホッとしたのもつかの間《ま》、なんだか腹《はら》が立《た》ってきた。

「え〜っ！　この台《だい》のせいで、ぼくはホントに怖《こわ》い思《おも》いをしたんだよ！　絵《え》を持《も》ち去《さ》った犯人《はんにん》は、いったい誰《だれ》なんだろう？」

「その答《こた》えをこれから見《み》つけてみせる。科学《かがく》の力《ちから》でね」

「えっ、科学《かがく》の力《ちから》で？　いったい何《なに》をするつもりなの？」


「台《だい》に残《のこ》された犯人《はんにん》の手《て》がかり──指紋《しもん》をとるのさ」


黒板消《こくばんけ》し。筆《ふで》。セロハンテープ。

教室《きょうしつ》から集《あつ》めてきた道具《どうぐ》を並《なら》べ、真実《しんじつ》は踏《ふ》み台《だい》の前《まえ》にしゃがんだ。

「それじゃあ始《はじ》めよう」

真実《しんじつ》は、筆《ふで》の先《さき》で黒板消《こくばんけ》しについたチョークの粉《こな》を集《あつ》めはじめた。

「このチョークの粉《こな》を、指紋《しもん》が残《のこ》っていそうな場所《ばしょ》にまぶすんだ」

そう言《い》うと、粉《こな》のついた筆先《ふでさき》で、踏《ふ》み台《だい》の表面《ひょうめん》をパタパタとたたいた。

「事件《じけん》の現場《げんば》には犯人《はんにん》の指紋《しもん》が残《のこ》されてるって、よく言《い》うだろう？　それは、犯人《はんにん》が現場《げんば》で触《ふ》れたものについた、指先《ゆびさき》の汗《あせ》やあぶらの跡《あと》なんだ。汗《あせ》やあぶらはベタベタしているからね。そこに、このチョークの粉《こな》がつくと、指紋《しもん》の跡《あと》が浮《う》き出《で》てくるわけさ」

真実《しんじつ》が、フーッと息《いき》を吹《ふ》きかけると、よけいな粉《こな》が飛《と》び散《ち》り、台《だい》の表面《ひょうめん》に、白《しろ》い「指紋《しもん》」がくっきりと浮《う》かびあがった。

「うわっ、本当《ほんとう》だ。指紋《しもん》が浮《う》き出《で》た！」

「仕上《しあ》げはセロハンテープだ」

真実《しんじつ》は、浮《う》き出《で》た指紋《しもん》の上《うえ》にセロハンテープを貼《は》ると、すばやく、ピッとはがした。

セロハンテープの上《うえ》に、白《しろ》い指紋《しもん》が写《うつ》し取《と》られていた。

「これで犯人《はんにん》が誰《だれ》かわかるんだね」

健太《けんた》は思《おも》わず歓声《かんせい》をあげた。しかし、指紋《しもん》を見《み》つめる真実《しんじつ》の表情《ひょうじょう》は曇《くも》っていた。

指紋《しもん》
指紋《しもん》は、汗腺《かんせん》（汗《あせ》が出《で》る穴《あな》）のある部分《ぶぶん》が盛《も》り上《あ》がることによってできるしわ。たとえ、けがをしたりやけどをしたりしても、皮膚《ひふ》が再生《さいせい》されれば、指紋《しもん》は変《か》わらない。

チョークの粉《こな》
石膏《せっこう》や炭酸《たんさん》カルシウムが原料《げんりょう》。ホタテの貝殻《かいがら》や卵《たまご》の殻《から》が配合《はいごう》されているものもある。

「……この指紋《しもん》、おかしいな」

「えっ、どういうこと？」

見《み》ると、その指紋《しもん》には、ところどころに穴《あな》があいているのだ。

まるで、虫《むし》に食《く》われた枯《か》れ葉《は》のように。

「これって、どういうこと？　この指紋《しもん》の持《も》ち主《ぬし》の指《ゆび》に穴《あな》があいてるってこと？　まさかそんな人《ひと》、いるワケないよね」

顔《かお》をしかめる健太《けんた》に真実《しんじつ》が言《い》った。

「たとえどんな指紋《しもん》でも、必《かなら》ず持《も》ち主《ぬし》の特徴《とくちょう》を表《あらわ》しているはずだ。宮下健太《みやしたけんた》くん、ゆうべキミがこの階段《かいだん》に来《く》る途中《とちゅう》、誰《だれ》かを見《み》かけなかったかい？」

「そういえば……」

用務員《ようむいん》の
岡本《おかもと》さん

図工《ずこう》の
柳先生《やなぎせんせい》

音楽《おんがく》の
美川先生《みかわせんせい》

昨夜《さくや》、健太《けんた》が旧校舎《きゅうこうしゃ》に向《む》かうとき、人《ひと》の姿《すがた》を見《み》かけ、物陰《ものかげ》に隠《かく》れたことが3回《かい》あった。

「3人《にん》見《み》かけたよ。ひとりめは用務員《ようむいん》の岡本《おかもと》さん。ふたりめは図工《ずこう》の柳先生《やなぎせんせい》。3人《にん》めは音楽《おんがく》の美川先生《みかわせんせい》。もしかして、この3人《にん》の中《なか》に、指紋《しもん》の持《も》ち主《ぬし》がいるの？」

真実《しんじつ》は口元《くちもと》に手《て》をあて、真剣《しんけん》な表情《ひょうじょう》で考《かんが》えていたが、やがて静《しず》かに顔《かお》をあげた。

「わかったよ。3人《にん》のうち、誰《だれ》がこの指紋《しもん》の持《も》ち主《ぬし》か。そしてその人物《じんぶつ》こそ、この場所《ばしょ》から絵《え》を持《も》ち去《さ》った犯人《はんにん》だ」

解《かい》決《けつ》編《へん》

「さあ。指紋《しもん》の持《も》ち主《ぬし》に会《あ》いにいこう」

そう言《い》うと真実《しんじつ》は、足早《あしばや》に廊下《ろうか》を歩《ある》き始《はじ》めた。

しかし、健太《けんた》には、真実《しんじつ》がどこに向《む》かうつもりなのかさっぱりわからない。

「あ、あのさ、どうして犯人《はんにん》がわかったの？」

「気《き》づいたのさ。指紋《しもん》にあいた『丸《まる》い穴《あな》』……あれは『穴《あな》』なんかじゃないって」

『穴《あな》』じゃない？　だったら何《なに》？」

「指先《ゆびさき》についた『何《なに》か』さ。今《いま》にわかるよ」

しばらく廊下《ろうか》を進《すす》んだところで真実《しんじつ》がピタリと立《た》ち止《ど》まった。健太《けんた》もあわてて止《と》まった。

そこは旧校舎《きゅうこうしゃ》の１階《かい》にある図工室《ずこうしつ》の前《まえ》だった。


「えっ、図工室《ずこうしつ》？」


驚《おどろ》く健太《けんた》にかまわず、真実《しんじつ》は戸《と》をたたいて言《い》った。

「柳先生《やなぎせんせい》、いらっしゃいますか？」

すると、ドアが開《あ》き、柳先生《やなぎせんせい》が顔《かお》を出《だ》した。

柳先生《やなぎせんせい》は、生徒《せいと》にやさしいことで評判《ひょうばん》のおじいちゃん先生《せんせい》だ。

「やあ、キミはたしか謎野《なぞの》くんだったね。それに健太《けんた》くん。いったいどうしたんだい？」

健太《けんた》は先生《せんせい》の手《て》を見《み》つめた。

その指先《ゆびさき》には、点々《てんてん》と、ピンク色《いろ》の油絵《あぶらえ》の具《ぐ》がついていた。

それを見《み》た瞬間《しゅんかん》、健太《けんた》はひらめいた。

（そうか、指先《ゆびさき》についた「何《なに》か」は、油絵《あぶらえ》の具《ぐ》だったんだ！）

油絵《あぶらえ》の具《ぐ》がついた部分《ぶぶん》の指紋《しもん》はつかない。だから、指紋《しもん》に「穴《あな》」があいてるように見《み》えたのだ。

（ということは、柳先生《やなぎせんせい》が絵《え》を持《も》ち去《さ》った犯人《はんにん》？　でも、いったいどうして？）

「先生《せんせい》にお聞《き》きしたいことがあって。中《なか》に入《はい》ってもいいですか？」

真実《しんじつ》がそう言《い》うと、柳先生《やなぎせんせい》の笑顔《えがお》が曇《くも》ったように見《み》えた。

「……ああ、いいとも。どうぞ」

図工室《ずこうしつ》の中《なか》は、きれいに整頓《せいとん》されていた。

黒板《こくばん》の横《よこ》に絵《え》を立《た》てかけるためのイーゼルが置《お》かれていたが、上《うえ》から布《ぬの》がかけられ、どんな絵《え》があるのかはわからない。

「ところで、先生《せんせい》は最近《さいきん》どんな絵《え》を描《か》いておられるんですか？」

真実《しんじつ》の突然《とつぜん》の質問《しつもん》に、柳先生《やなぎせんせい》はドキリとしたようすだった。

「いやあ、最近《さいきん》は、たいしたものは描《か》いてないよ」

真実《しんじつ》は立《た》ち止《ど》まり、黒板《こくばん》の横《よこ》に置《お》かれたイーゼルを指《ゆび》さした。

「何《なん》の絵《え》か、当《あ》ててみましょうか？」

健太《けんた》は思《おも》わず息《いき》をのんだ。

「ぼくにはわかります。ピンク色《いろ》の服《ふく》を着《き》た、女性《じょせい》の絵《え》なんじゃないですか？」

それを聞《き》いて、柳先生《やなぎせんせい》は言葉《ことば》を失《うしな》った。

「どうしてそれを……!?」

「簡単《かんたん》な推理《すいり》です。先生《せんせい》の指先《ゆびさき》には、ピンク色《いろ》の油絵《あぶらえ》の具《ぐ》がついている。踊《おど》り場《ば》に飾《かざ》られていた絵《え》の女性《じょせい》が着《き》ていた服《ふく》と同《おな》じ色《いろ》だ」

柳先生《やなぎせんせい》は、驚《おどろ》いた顔《かお》で自分《じぶん》の指先《ゆびさき》を見《み》つめた。

真実《しんじつ》は言葉《ことば》を続《つづ》けた。

「実《じつ》はぼくたち、踊《おど》り場《ば》の絵《え》がなくなったことに気《き》づいて、捜《さが》しにきたんです」

「……そうだったのかい」

柳先生《やなぎせんせい》は、黒板《こくばん》の横《よこ》のイーゼルに近《ちか》づくと、かけられていた布《ぬの》をはずした。

布《ぬの》の下《した》から現《あらわ》れたのは、真実《しんじつ》が図書室《としょしつ》でコピーしたものと同《おな》じ女性《じょせい》の肖像画《しょうぞうが》だった。

「あっ、あの肖像画《しょうぞうが》！　あれ？　でもなんだか雰囲気《ふんいき》が違《ちが》うような……」

健太《けんた》は首《くび》をかしげた。

絵《え》をおおっていたほこりはきれいに拭《ふ》きとられ、女性《じょせい》の服《ふく》は鮮《あざ》やかなピンク色《いろ》に塗《ぬ》りなおされていた。肌《はだ》の色《いろ》もつやつやと美《うつく》しく輝《かがや》いていた。

健太《けんた》は思《おも》わず絵《え》に駆《か》け寄《よ》った。

「すごい！　きれいになってる！」

「この絵《え》は、今《いま》から40年前《ねんまえ》にわたしが描《か》いたんだ。ほこりをかぶってあまりにかわいそうだから、直《なお》してあげようと思《おも》って、ここに持《も》ってきたんだよ」

「この女《おんな》の人《ひと》、いったい誰《だれ》なんですか？」

健太《けんた》が聞《き》くと、柳先生《やなぎせんせい》の目《め》が懐《なつ》かしそうに輝《かがや》いた。

「この学校《がっこう》で、昔《むかし》、一緒《いっしょ》に働《はたら》いていた大切《たいせつ》な仲間《なかま》だよ」

「仲間《なかま》？」

「ああ。わたしも彼女《かのじょ》も、先生《せんせい》になったばかりでね。お互《たが》い、いろんなことを相談《そうだん》しあったものさ。けれど彼女《かのじょ》は、たった1年《ねん》で学校《がっこう》をやめることになってしまった」

その言葉《ことば》に、健太《けんた》はハッとした。

「もしかして……、階段《かいだん》から落《お》ちて

けがをしたとか？」

図工室《ずこうしつ》がしんと静《しず》まり、冷《つめ》たい空気《くうき》が流《なが》れた。

しかし次《つぎ》の瞬間《しゅんかん》、柳先生《やなぎせんせい》は大声《おおごえ》で笑《わら》いはじめた。

「ハッハッハ。それは七不思議《ななふしぎ》のうわさだろう？　そうじゃない。彼女《かのじょ》はね、外国《がいこく》の人《ひと》と結《けっ》婚《こん》することになって、一緒《いっしょ》に外国《がいこく》に行《い》くことになったんだ」

「け、結婚《けっこん》!?」

学校《がっこう》に伝《つた》わる七不思議《ななふしぎ》とはまるで違《ちが》う話《はなし》に、健太《けんた》の目《め》は点《てん》になった。

「だけど、どうしてあの階段《かいだん》の上《うえ》にこの肖像画《しょうぞうが》を飾《かざ》ったんですか？」

真実《しんじつ》が柳先生《やなぎせんせい》にたずねた。

「彼女《かのじょ》はね、子《こ》どもたちが大好《だいす》きだった。だから、先生《せんせい》をやめても、あの場所《ばしょ》から校庭《こうてい》で遊《あそ》ぶ子《こ》どもたちの姿《すがた》を、いつまでも見《み》ていられるようにと思《おも》ってね」

そう言《い》うと、柳先生《やなぎせんせい》はやさしいまなざしを肖像画《しょうぞうが》に向《む》けた。

「あ～あ。結局《けっきょく》、呪《のろ》いの階段《かいだん》は謎野《なぞの》くんの言《い》うとおり、ただのデマだったのか」

校庭《こうてい》を横切《よこぎ》り、校門《こうもん》へ向《む》かう途中《とちゅう》、健太《けんた》が残念《ざんねん》そうにつぶやいた。

「残念《ざんねん》がることはない。肖像画《しょうぞうが》のナゾが解《と》けただろ？」

そのとき、ふと背中《せなか》に視線《しせん》を感《かん》じて、ふたりは振《ふ》り向《む》いた。

そこには、旧校舎《きゅうこうしゃ》の、あの踊《おど》り場《ば》の大《おお》きな窓《まど》があった。

「あの女《おんな》の先生《せんせい》。絵《え》の中《なか》から今《いま》もぼくたちのこと、見守《みまも》ってくれてるのかな？」

「さあね。そういう非科学的《ひかがくてき》な話《はなし》には興味《きょうみ》がないな。やっぱりキミは、ホームズ学園《がくえん》にはいないタイプだね」

そう言《い》うと、真実《しんじつ》は健太《けんた》を置《お》いてサッサと歩《ある》き出《だ》す。

「ちょっと、謎野《なぞの》くん、冷《つめ》たいっ！」

健太《けんた》はあわてて真実《しんじつ》を追《お》いかけた。

5

SCIENCE TRICK DATA FILE

科学《かがく》トリック データファイル

指紋《しもん》で捜査《そうさ》する

指紋《しもん》は、生《う》まれたときから死《し》ぬまで、一生《いっしょう》変《か》わりません。模様《もよう》もひとりひとり違《ちが》うので、一卵性《いちらんせい》の双子《ふたご》以外《いがい》でも、同《おな》じ人《ひと》がいないとは言《い》い切《き》れないDNA《ディーエヌエー》鑑《かん》定《てい》よりも、本人《ほんにん》を特定《とくてい》するのに適《てき》しています。そのため犯罪捜査《はんざいそうさ》でもよく使《つか》われています。指紋《しもん》の形《かたち》はおおまかに、下《した》の四《よっ》つに分《わ》けられます。

変体紋《へんたいもん》
それ以外《いがい》の形《かたち》

蹄状紋《ていじょうもん》
馬《うま》のひづめのような形《かたち》

弓状紋《きゅうじょうもん》
弓《ゆみ》なりの線《せん》が並《なら》んだ形《かたち》

渦状紋《かじょうもん》
渦《うず》を巻《ま》いたような形《かたち》

【実験《じっけん》してみよう】

指紋《しもん》の検出方法《けんしゅつほうほう》には、瞬《しゅん》間接着剤《かんせっちゃくざい》（「アロンアルファ」など）を使《つか》ったものもあります。

実際《じっさい》に警察《けいさつ》の犯罪捜査《はんざいそうさ》では、この原理《げんり》をもとにした方法《ほうほう》が使《つか》われています。

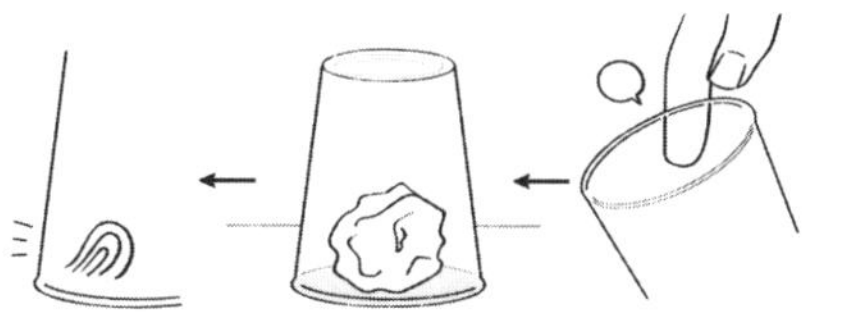

透明《とうめい》なプラスチックコップの内側《うちがわ》に、指《ゆび》の先《さき》をくっつける。

水《みず》で湿《しめ》らせたティッシュに、瞬間接着剤《しゅんかんせっちゃくざい》をたらし、コップをかぶせる。

しばらくすると指紋《しもん》が白《しろ》く浮《う》かび上《あ》がる。

※ここで紹介《しょうかい》した実験《じっけん》は、おうちの人《ひと》と一緒《いっしょ》にやりましょう。

トイレの血《ち》まみれの手《て》

学校《がっこう》の七不思議《ななふしぎ》6

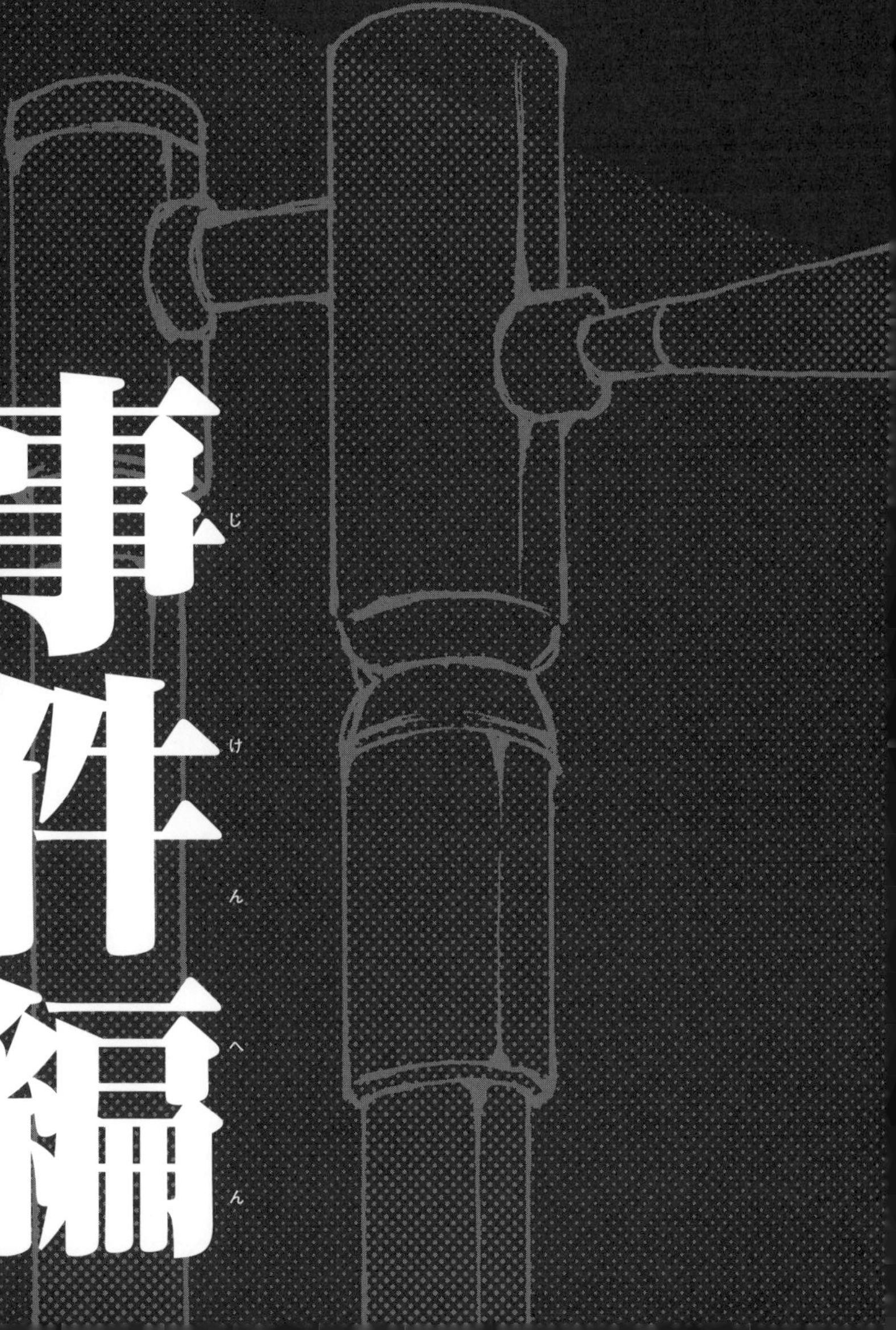

事《じ》件《けん》編《へん》

花森小学校《はなもりしょうがっこう》の七不思議《ななふしぎ》のひとつに、トイレにまつわる怪談《かいだん》がある。

それは、西校舎《にしこうしゃ》3階《かい》にある女子《じょし》トイレで起《お》きるといわれている怪奇現象《かいきげんしょう》。昼間《ひるま》の13時《じ》13分《ぷん》に、三《みっ》つ並《なら》んだトイレのいちばん奥《おく》の個室《こしつ》を使《つか》うと、便器《べんき》から血《ち》まみれの手《て》が出《で》てくる、というものだった。

「血《ち》まみれの手《て》」を、3秒以上見《びょういじょうみ》てしまった者《もの》には、10日以内《とおかいない》に死《し》が訪《おとず》れるという。


ある日《ひ》、果敢《かかん》にもうわさの真相《しんそう》を確《たし》かめようとした生徒《せいと》たちがいた。

6年《ねん》1組《くみ》のうわさ好《ず》き女子《じょし》3人組《にんぐみ》——山田《やまだ》あや、鈴木《すずき》カオル、田中《たなか》ゆっこである。

うわさのトイレは3階《かい》の南端《みなみはし》にあった。3人《にん》は昼休《ひるやす》みに、わざわざ階上《かいじょう》の3階《かい》へ行《い》って、トイレのいちばん奥《おく》にある個室《こしつ》の前《まえ》へとやってきた。


「行《い》くよ！」

「うん」

3人《にん》は「せーの！」で個室《こしつ》のドアを開《あ》けた。おそるおそる中《なか》をのぞいてみたが、変《か》わったところは何《なに》もない。

「……そりゃそうよね」

「便器《べんき》から血《ち》まみれの手《て》なんか出《で》るわけないもん」

やっぱりうわさは単《たん》なるデマだったと、笑《わら》い合《あ》う3人《にん》。

そのとき、あやが言《い》い出《だ》した。

「ねえ、ウワサでは、トイレを『使《つか》う』と、手《て》が出《で》るっていわれてるんだよね？」

「うん」

「ホントかどうか確《たし》かめるには、トイレを使《つか》ってみなきゃわかんないんじゃない？」

「でも、使《つか》うっていったら、誰《だれ》かがトイレに入《はい》るってことでしょ？　いくらなんで

も、それは……ねえ？」

ゆっこはためらう。そのとき、カオルが言《い》い出《だ》した。

「いいよ。わたし、使《つか》ってみる！」

カオルは3人《にん》の中《なか》でいちばんサバサバした性格《せいかく》で、怪談話《かいだんばなし》のたぐいはいっさい信《しん》じないタイプだった。あやとゆっこが心配《しんぱい》そうに見守《みまも》るなか、カオルは平然《へいぜん》と個室《こしつ》の中《なか》へと入《はい》っていく。しばらくして、ザーッと水《みず》が流《なが》れる音《おと》が聞《き》こえてきた。

「ねえ、だいじょうぶ？」

あやとゆっこが心配《しんぱい》そうにたずねる。

「平気平気《へいきへいき》。何《なに》もないよ」

個室《こしつ》の中《なか》からカオルの返事《へんじ》がかえってきた。だが、次《つぎ》の瞬間《しゅんかん》――。


「きゃあああああっ!!!」

悲鳴《ひめい》とともにトイレのドアがバタンと開《あ》き、血相《けっそう》を変《か》えたカオルが飛《と》び出《だ》してきた。

カオルは、震《ふる》える手《て》でトイレの中《なか》を指《ゆび》さしながら叫《さけ》んだ。

「べ、便器《べんき》から……ち、血《ち》まみれの手《て》が……!!」

あやとゆっこに、トイレをのぞいて確認《かくにん》する余裕《よゆう》などなかった。

「いやあああっ!!!」

と、3人《にん》は同時《どうじ》に悲鳴《ひめい》をあげながら、先《さき》を争《あらそ》うようにトイレを飛《と》び出《だ》していったのである。

6年生《ねんせい》が便器《べんき》から突《つ》き出《だ》す「血《ち》まみれの手《て》」を見《み》たといううわさは、またたく間《ま》に学校《がっこう》中《じゅう》を駆《か》けめぐった。

そして、数日後《すうじつご》の昼休《ひるやす》み。あやとゆっこは、意気消沈《いきしょうちん》したようすで教室《きょうしつ》にたたずんでいた。あの日以来《ひいらい》、カオルは学校《がっこう》を休《やす》んでいる。「血《ち》まみれの手《て》」を3秒以上《びょういじょう》見《み》てしまったため、重《おも》い病気《びょうき》にかかったのではないかと、うわさされていた。

「ねぇ、あや。カオル、死《し》んじゃうのかな?」

「どうしよう、ゆっこ。わたしのせいだ。わたしが『トイレを使《つか》ってみなきゃわかんない』なんて言《い》ったから……」

落《お》ち込《こ》んでいるあやとゆっこの姿《すがた》を離《はな》れた場《ば》所《しょ》からじっと見《み》ていたのは、新《しん》聞《ぶん》部《ぶ》の青《あお》井《い》美《み》希《き》。しばらくして美《み》希《き》は、ふっと溜《た》め息《いき》をもらすと、何《なに》かを決《けつ》意《い》した表《ひょう》情《じょう》で大《おお》きな紙《かみ》袋《ぶくろ》を手《て》に、ある場《ば》所《しょ》へと向《む》かっていったのだった。

美《み》希《き》がやってきたのは、東《ひがし》校《こう》舎《しゃ》3階《がい》にある図《と》書《しょ》室《しつ》。昼《ひる》休《やす》みになると、謎《なぞ》野《の》真《しん》実《じつ》はいつも図《と》書《しょ》室《しつ》でひとり、本《ほん》を読《よ》むのが日《にっ》課《か》だった。今《きょ》日《う》はかたわらに、宮《みや》下《した》健《けん》太《た》の姿《すがた》もある。真《しん》実《じつ》と健《けん》太《た》の姿《すがた》を見《み》つけると、美《み》希《き》はまっすぐふたりのところへ歩《ある》いていった。

「あなたたちふたりに相《そう》談《だん》があるの。この学《がっ》校《こう》で起《お》きた七《なな》不《ふ》思《し》議《ぎ》の現《げん》象《しょう》のひとつを科《か》学《がく》で解《かい》明《めい》してほしいのよね」

「もしかして、西《にし》校《こう》舎《しゃ》3階《かい》の女《じょ》子《し》トイレに血《ち》まみれの手《て》が出《で》るってウワサのこと？」

「その話《はなし》なら、たった今《いま》、宮《みや》下《した》健《けん》太《た》くんから聞《き》いたところだ」

健《けん》太《た》と真《しん》実《じつ》は、同《どう》時《じ》に答《こた》える。

「知《し》ってるんなら、話《はなし》は早《はや》いわね。今《いま》すぐ、これに着替《きが》えて！」

美希《みき》はふたりの前《まえ》に、持《も》ってきた紙袋《かみぶくろ》をドサリと置《お》く。


「え、何《なに》これ？」


紙袋《かみぶくろ》の中《なか》をのぞいた健太《けんた》は、思《おも》わず声《こえ》をあげた。袋《ふくろ》の中《なか》に入《はい》っていたのは、女《おんな》の子《こ》の服《ふく》とカツラ。よく見《み》ると、それぞれ2セットある。

「あなたたちには、これを着《き》て女装《じょそう》してもらいたいの」

「じょ、冗談《じょうだん》じゃないよ！　ぼく、イヤだよ！」

袋《ふくろ》を美希《みき》のほうに押《お》しやる健太《けんた》。

「でも、男《おとこ》の子《こ》のままじゃ、女子《じょし》トイレの調査《ちょうさ》はできないでしょ？」

「そりゃそうだけど……」

健太《けんた》は、赤《あか》くなりながらつぶやく。

「女装《じょそう》か。いい考《かんが》えかもしれないな」

そのとき、真実《しんじつ》が言《い》った。

「謎野《なぞの》くん、本気《ほんき》なの!?」

健太《けんた》は驚《おどろ》きを隠《かく》せない。

「もしかして……女装《じょそう》が趣味《しゅみ》、とか？」

美希《みき》は目《め》を輝《かがや》かせた。

「べつに趣味《しゅみ》ってわけじゃないけど、変装《へんそう》は探偵《たんてい》にとって基本中《きほんちゅう》の基本《きほん》だからね」

真実《しんじつ》はホームズ学園《がくえん》で、変装術《へんそうじゅつ》をひととおり学《まな》んだという。

(困《こま》ったな。謎野《なぞの》くんがその気《き》になっちゃったら、ぼくだけ着《き》ないわけにはいかないよね)

袋《ふくろ》の中身《なかみ》を取《と》り出《だ》してながめている真実《しんじつ》を横目《よこめ》で見《み》ながら、健太《けんた》は困惑《こんわく》の表情《ひょうじょう》を浮《う》かべた。

階段《かいだん》をはさんで図書室《としょしつ》のとなりにある男子《だんし》トイレで、着替《きが》えをする真実《しんじつ》

ホームズの変装術《へんそうじゅつ》
ホームズは変装《へんそう》の名人《めいじん》。女性《じょせい》、浮浪者《ふろうしゃ》、老人《ろうじん》など、自由自在《じゆうじざい》に姿《すがた》を変《か》えた。ホームズ学園《がくえん》では、そのノウハウを受《う》け継《つ》いだ授業《じゅぎょう》がおこなわれているようだ。

と健太《けんた》。その間《かん》、美希《みき》はトイレ前《まえ》の廊下《ろうか》で、ふたりが出《で》てくるのをワクワクしながら待《ま》っていた。

「ねえ、まだ？」

美希《みき》が声《こえ》をかけたそのとき、扉《とびら》が開《あ》いて、女装姿《じょそうすがた》の真実《しんじつ》と健太《けんた》が現《あらわ》れた。真実《しんじつ》は、ピンクのヒラヒラのスカートにレースがあしらわれたワンピース、頭《あたま》にはロングの巻《ま》き毛《げ》のカツラをかぶったお嬢《じょう》さまスタイル。一方《いっぽう》、健太《けんた》はボブのカツラをかぶり、水玉模様《みずたまもよう》のミニドレス姿《すがた》と、ポップな原宿系《はらじゅくけい》である。

「キャーッ、かわいい！　ふたりともすっごく似合《にあ》ってる！」

ふたりの姿《すがた》を見《み》るなり、美希《みき》は興奮《こうふん》しながら叫《さけ》んだ。

そのようすを見《み》て、保育園時代《ほいくえんじだい》の悪夢《あくむ》を思《おも》い出《だ》す健太《けんた》。同《おな》じ保育園《ほいくえん》に通《かよ》い、家《いえ》も近所《きんじょ》だった美希《みき》と健太《けんた》は、小《ちい》さいころ、よく一緒《いっしょ》に遊《あそ》んでいたが、当時《とうじ》、健太《けんた》は美希《みき》に無理《むり》やり女《おんな》の子《こ》のかっこうをさせられたりしていたのである。

「美希《みき》ちゃん、もしかしてぼくたちにこんなかっこうさせて楽《たの》しんでない？」

健太《けんた》が疑《うたが》わしそうにたずねると、とたんに美希《みき》は真顔《まがお》に戻《もど》る。

「そんなことあるわけないでしょ」

「ホントに？　でも、保育園《ほいくえん》のとき、美希《みき》ちゃん、ぼくに……」

言《い》いかけた健太《けんた》を、「くどいわよ！」と、美希《みき》はさえぎる。

そんなふたりのやりとりに、真実《しんじつ》はまったく興味《きょうみ》を示《しめ》さず、時計《とけい》を見《み》た。

「13時《じ》3分《ぷん》か。血《ち》まみれの手《て》が出《で》る13時《じ》13分《ぷん》まで、あと10分《ぷん》……」

ひとりスタスタと歩《ある》き出《だ》した真実《しんじつ》を見《み》て、健太《けんた》と美希《みき》は
「謎野《なぞの》くん、待《ま》って！」

と、あわててあとを追《お》いかけた。

東校舎《ひがしこうしゃ》3階《かい》にある図書室《としょしつ》から、渡《わた》り廊下《ろうか》を通《とお》って西校舎《にしこうしゃ》3階《かい》へとやってきた3人《にん》。うわさのトイレは、西校舎《にしこうしゃ》の南端《みなみはし》にあった。

途中《とちゅう》、ハマセンとすれ違《ちが》ったが、

「休《やす》み時間《じかん》は外《そと》で遊《あそ》べよ！　ガッハッハ」

と声《こえ》をかけられただけで、それ以外《いがい》は何《なに》も言《い》われなかった。どうやら女装《じょそう》したふたりが真《しん》実《じつ》と健太《けんた》だとは気《き》づかなかったらしい。

「女装作戦大成功《じょそうさくせんだいせいこう》ね！」と、美希《みき》が得意《とくい》げに言《い》う。

「ドキドキして寿命《じゅみょう》が縮《ちぢ》まったよ」と、健太《けんた》は口《くち》をとがらせた。

一方《いっぽう》、真実《しんじつ》は、トイレでいちばん奥《おく》の個室《こしつ》へとまっすぐ向《む》かい、中《なか》を調《しら》べはじめた。

「ドアを開《あ》けて右手《みぎて》に窓《まど》……便座《べんざ》には窓《まど》を背《せ》にして座《すわ》る形《かたち》か。その向《む》かいは……」

窓《まど》の反対側《はんたいがわ》にある壁《かべ》を見《み》やり、真実《しんじつ》は「なるほど」と、ニヤリと笑《わら》う。そして、個室《こしつ》から出《で》てくると、ドアの前《まえ》にいた健太《けんた》に言《い》った。

「仮説《かせつ》を立証《りっしょう》するためには、やはり『実験《じっけん》』しないとね。誰《だれ》かが実際《じっさい》にトイレを使《つか》ってみる必要《ひつよう》がある」

それを聞《き》いて、健太《けんた》はドキリとした。

「誰《だれ》かって、誰《だれ》が？」

「それはもちろん……」と、真実《しんじつ》は健太《けんた》をじっと見《み》る。

「ぼく⁉」

健太《けんた》はプルプルと首《くび》を振《ふ》った。

「女《おんな》の子《こ》のトイレでオシッコするなんて、ぼく、イヤだよ！　それに怖《こわ》いし！」

「誰《だれ》も用《よう》を足《た》せなんて言《い》ってない。ただトイレに入《はい》って、しばらくして出《で》てきさえすればいいんだ」

「だったら、謎野《なぞの》くんがやればいいじゃない！」

「ぼくには、実験《じっけん》のなりゆきを観察《かんさつ》する役目《やくめ》がある」

そのとき、美希《みき》が横《よこ》から「健太《けんた》くん、お願《ねが》い！」と、おがむようなしぐさをした。

「血《ち》まみれの手《て》を見《み》てしまった女《おんな》の子《こ》は、ずっと学校《がっこう》を休《やす》んでるの。一緒《いっしょ》にトイレに行《い》った友達《ともだち》ふたりも死《し》にそうなほど落《お》ち込《こ》んでるわ」

(……そっか。美希《みき》ちゃんは、その女《おんな》の子《こ》たちを助《たす》けたいんだね)

「わかった、ぼく、やるよ！」

健太《けんた》は決意《けつい》を固《かた》め、便器《べんき》から「血《ち》まみれの手《て》」が出《で》るとうわさされている個室《こしつ》へと足《あし》を踏《ふ》み入《い》れたのだった。


西校舎《にしこうしゃ》の南端《みなみはし》にあるトイレの個室《こしつ》は、太陽《たいよう》の光《ひかり》が差《さ》し込《こ》んで、まぶしすぎるくらいに明《あか》るかった。窓《まど》を背《せ》にして便座《べんざ》に座《すわ》ると、向《む》かいの壁《かべ》には「トイレの後《あと》は手《て》を洗《あら》おう」と書《か》かれたポスターが貼《は》られている。変《か》わったところは何《なに》もなかった。

(どうか血《ち》まみれの手《て》が出《で》ませんように……)

それだけを祈《いの》りながら座《すわ》り続《つづ》けていた健太《けんた》に、ドアの外《そと》から真実《しんじつ》が告《つ》げる。

「そろそろ、13時《じ》13分《ぶん》だ」

「健太《けんた》くん、だいじょうぶ？」

ドアの前《まえ》、美希《みき》が心配《しんぱい》そうにたずねる。

「い、今《いま》のところ何《なに》も……」

ドキドキしながら、返事《へんじ》をする健太《けんた》。

「5分経過《ふんけいか》……もう出《で》てきていいよ」

しばらく経《た》って、時計《とけい》とにらめっこしていた真実《しんじつ》が健太《けんた》に告《つ》げた。

「えっ、もういいの？」

決死《けっし》の覚悟《かくご》でトイレに入《はい》った健太《けんた》は、拍子抜《ひょうしぬ》けした声《こえ》で答《こた》える。

「一応《いちおう》、水《みず》を流《なが》してから出《で》てきてくれ」

真実《しんじつ》が言《い》うのを聞《き》いて、健太《けんた》は便座《べんざ》から立《た》ち上《あ》がると、水《みず》を流《なが》すためにうしろを振《ふ》り返《かえ》った。

「えっ⁉」

次《つぎ》の瞬間《しゅんかん》、健太《けんた》は驚愕《きょうがく》し、自分《じぶん》の目《め》を疑《うたが》った。

窓《まど》から差《さ》し込《こ》むまぶしい光《ひかり》に照《て》らされた真《ま》っ白《しろ》な便器《べんき》。その中《なか》に真《ま》っ赤《か》に染《そ》まった何《なに》かが見《み》える。

学校の七不思議 6 - トイレの血まみれの手

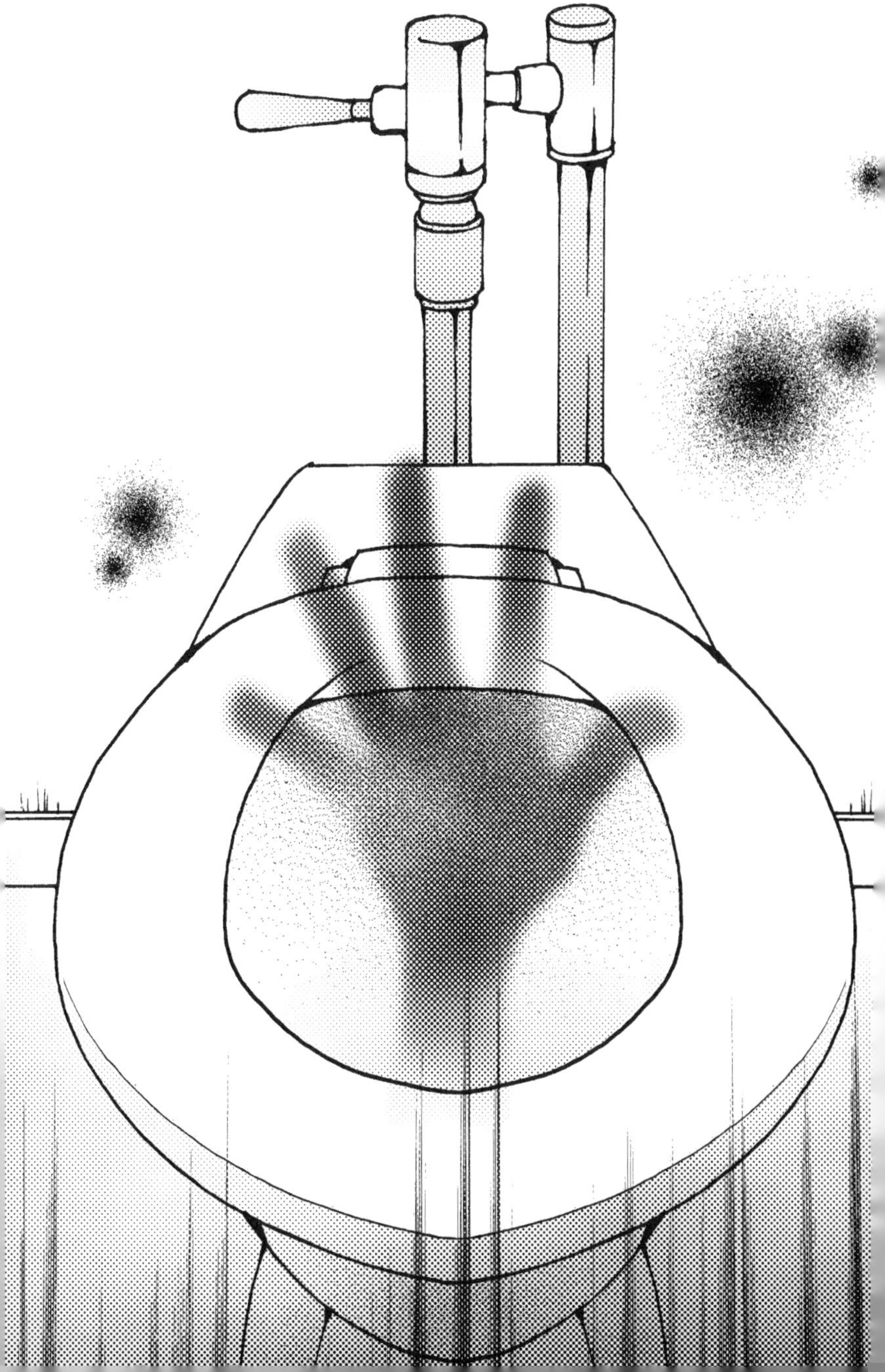

それは……手《て》！

燃《も》えるように赤《あか》い、「血《ち》まみれの手《て》」だった。

「うわああああっ!!!」

すごい勢《いきお》いで個室《こしつ》から飛《と》び出《だ》す健太《けんた》。

「健太《けんた》くん、どうしたの!?」

血相《けっそう》を変《か》えた健太《けんた》のようすを見《み》て、美希《みき》はこわばった顔《かお》でたずねた。

「手《て》が……便器《べんき》から血《ち》まみれの手《て》が……で、で、出《で》たんだ！」

震《ふる》える手《て》で便器《べんき》を指《ゆび》さしながら健太《けんた》はそう言《い》うと、

「うわああっ!!」

と再《ふたた》び声《こえ》をあげながら、トイレから飛《と》び出《で》ていった。

どこをどう走《はし》ったのか、まったくわからない。気《き》がつくと、健《けん》太《た》は上履《うわば》きのまま、校庭《こうてい》にいた。「血《ち》まみれの手《て》」は、今《いま》もまぶたに鮮明《せんめい》に焼《や》きついている。

(見《み》ちゃったんだ……あれを……!)

愕然《がくぜん》とした健《けん》太《た》は、その場《ば》に立《た》ちすくんだまま、ワナワナと震《ふる》えだした。

(1秒《びょう》? 2秒《びょう》? いや、もっと、5秒《びょう》ぐらいは見《み》てたかな? てことは……)

そのとき、背後《はいご》から「健《けん》太《た》くん!」という美《み》希《き》の声《こえ》が聞《き》こえてきた。振《ふ》り向《む》くと、真実《しんじつ》と美《み》希《き》がこちらに向《む》かって駆《か》け寄《よ》ってくる姿《すがた》が見《み》える。

「血《ち》まみれの手《て》を見《み》たってホントなの?」

美《み》希《き》に問《と》われた健《けん》太《た》は、震《ふる》えながらうなずく。

「ぼく、あの『手《て》』を3秒以上見《びょういじょうみ》てしまったんだ。だから、10日以内《とおかいない》に死《し》んじゃうんだ。謎野《なぞの》くん、美《み》希《き》ちゃん、今《いま》まで仲良《なかよ》くしてくれてありがとう……」

「バカ、なに言《い》ってんのよ!」

「すべてのナゾは科学《かがく》で解明《かいめい》できる。だから、キミは何《なに》も悲《かな》しむ必要《ひつよう》はないんだ」

健《けん》太《た》をなだめる真実《しんじつ》。

「謎野《なぞの》くん……」

健太《けんた》は一瞬《いっしゅん》、ほろりとなるが、すぐにまた表情《ひょうじょう》を曇《くも》らせた。

「でも、ぼくが見《み》たあの『手《て》』を、どうやって科学《かがく》で解明《かいめい》するの？」

「まずは最初《さいしょ》から整理《せいり》してみよう。宮下《みやした》健太《けんた》くん、キミがあのトイレに入《はい》ったのは、13時《じ》10分《ぷん》から15分《ふん》までの5分間《ふんかん》だ。その間《かん》、キミは何《なに》をしていたんだい？」

「何《なに》って……便座《べんざ》に座《すわ》ってただけだよ」

と、健太《けんた》は答《こた》える。

「そのとき、見《み》ていたのは？」

「そういえば……壁《かべ》に貼《は》ってあったポスターを見《み》てたかな？」

それは「トイレの後《あと》は手《て》を洗《あら》おう」と書《か》かれたポスター。黒地《くろじ》に緑《みどり》の手《て》のシルエットが大《おお》きく描《か》かれ、手《て》の中《なか》には、にっこり笑《わら》った顔《かお》がデザインされている。

「そのポスターが、健太《けんた》くんの見《み》たものと何《なに》か関係《かんけい》があるの？」

美希《みき》がたずねると、「大《おお》いにあるね」と真実《しんじつ》は答《こた》える。

それから、地面《じめん》に落《お》ちる健太《けんた》の影《かげ》を指《ゆび》さした。

「ヒントは影《かげ》――」

「影《かげ》？」

「それと、太陽《たいよう》――」

言《い》いながら、空《そら》を見上《みあ》げる真実《しんじつ》。そこには昼下《ひるさ》がりの太陽《たいよう》が、ギラギラとまぶしく輝《かがや》いていた。

「ナゾは、すべて解《と》けた！　もう一度《いちど》、トイレへ行《い》ってみよう」

（えっ？　あのトイレに戻《もど》るの!?）

ぼう然《ぜん》としている健太《けんた》をよそに、真実《しんじつ》は校舎《こうしゃ》に向《む》かいスタスタと歩《ある》きはじめた。

便器《べんき》の赤《あか》い手《て》は
ポスターを見《み》ていた
人《ひと》にしか見《み》えないよ

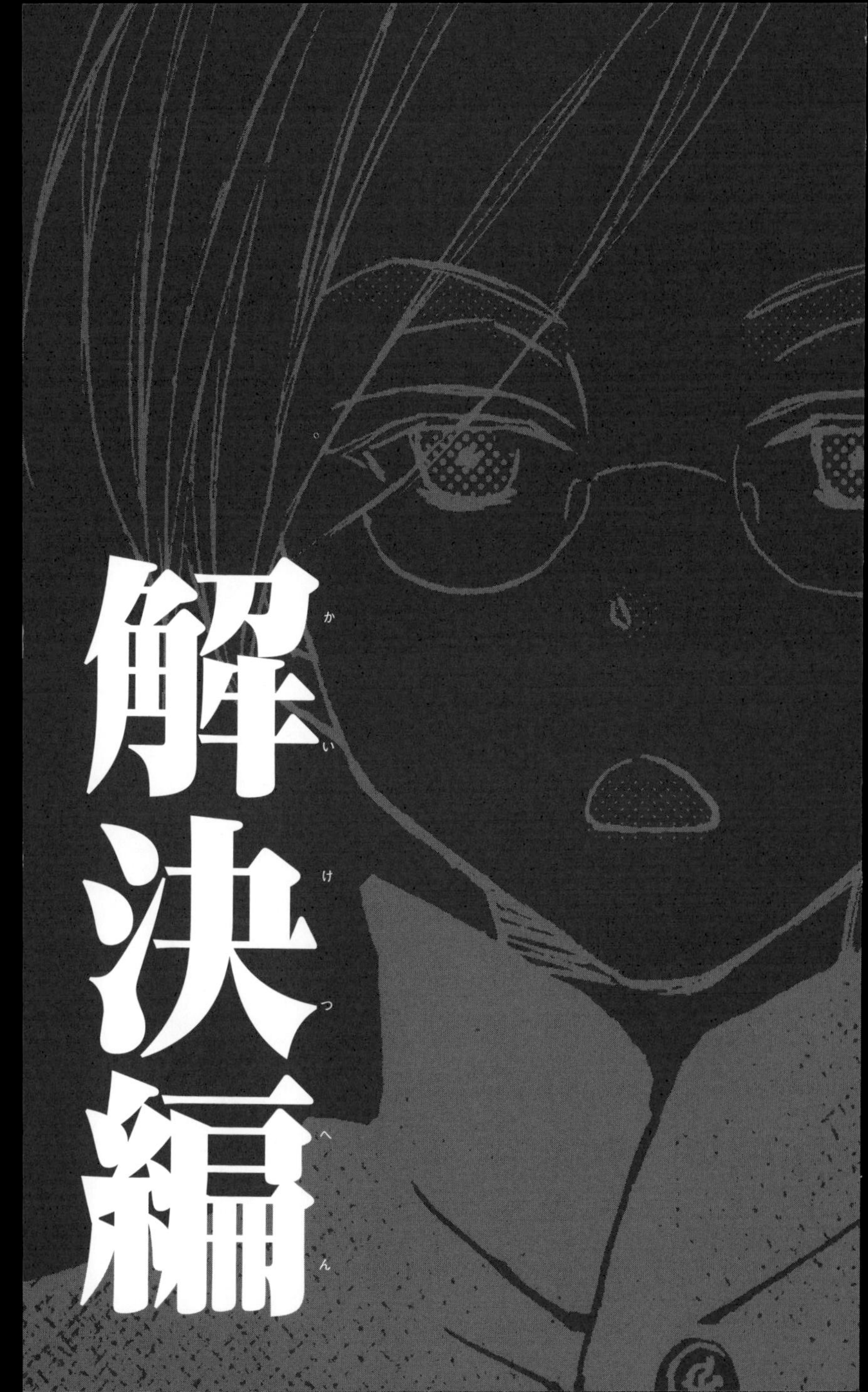

解《かい》決《けつ》編《へん》

西校舎《にしこうしゃ》3階南端《かいみなみはし》にあるトイレに戻《もど》ってきた3人《にん》。

真実《しんじつ》は三《みっ》つ並《なら》んだ個室《こしつ》のドアを手前《てまえ》から順《じゅん》に開《あ》けて中《なか》を確《たし》かめ、最後《さいご》に健太《けんた》が「血《ち》まみれの手《て》」を見《み》たいちばん奥《おく》のトイレへたどり着《つ》く。中《なか》に入《はい》ってドアを閉《し》め、便座《べんざ》に座《すわ》ると、向《む》かいの壁《かべ》のちょうど目《め》の高《たか》さの位置《いち》に、緑色《みどりいろ》の手《て》のシルエットが描《か》かれたポスターが見《み》えた。

「三《みっ》つの個室《こしつ》には同《おな》じポスターが貼《は》られている。でも、窓《まど》に面《めん》しているのはここだけ……」

向《む》かいの窓《まど》から差《さ》し込《こ》んでくるまばゆい光《ひかり》に照《て》らされた緑《みどり》の手《て》。その手《て》を、しばらく見《み》つめたあと、真実《しんじつ》は立《た》ち上《あ》がり、うしろを振《ふ》り返《かえ》って便器《べんき》を見《み》る。

「やはり……思《おも》ったとおりだ」

真実《しんじつ》は言《い》い、トイレの入《い》り口《ぐち》のところから顔《かお》だけをのぞかせている健太《けんた》と美希《みき》に向《む》き直《なお》った。ふたりとも怖《こわ》くて、トイレの中《なか》には入《はい》ってこられないのだ。

「だいじょうぶ。ナゾはすべて解《と》けてるんだ。血《ち》まみれの手《て》が、どうしていちばん奥《おく》のトイレだけに現《あらわ》れるのか、どうして昼間《ひるま》の13時《じ》13分《ぷん》に、その『手《て》』は現《あらわ》れるのか。それは、このトイレに窓《まど》から太陽《たいよう》の光《ひかり》が差《さ》し込《こ》み、その時間帯《じかんたい》に、いちばん明《あか》るくなるからなんだよ」

健太《けんた》と美希《みき》はキョトンとしながら、顔《かお》を見合《みあ》わせた。

「宮下健太《みやしたけんた》くん、キミが見《み》た『血《ち》まみれの手《て》』は、目《め》の錯覚《さっかく》——『残像効《ざんぞうこう》果《か》』ってことさ」

「……ザンゾウコウカ？」

聞《き》き慣《な》れない言葉《ことば》を耳《みみ》にして、健太《けんた》はさらにキョトンとする。

「明《あか》るい場所《ばしょ》で長《なが》いあいだ、ひとつのものを見続《みつづ》けていると、それが目《め》に焼《や》きついて、ほかのものに目《め》を移《うつ》したとき、『残像《ざんぞう》』が見《み》える。宮下《みやした》くん、キミがトイレに入《はい》っているあいだ、ずっと見《み》ていたのは、緑《みどり》の手《て》が描《か》かれたポスターだね？」

「うん。ほかに見《み》るものもなかったから……」

「ポスターを長《なが》く見《み》たせいで、便器《べんき》に目《め》を移《うつ》したとき、そこに手《て》のシルエットの『残像《ざんぞう》』が現《あらわ》れたんだ」

「えっ？　でも、ぼくが見《み》たのは燃《も》えるような真《ま》っ赤《か》な手《て》で……」

「補色効果《ほしょくこうか》さ。『残像《ざんぞう》』は、実際《じっさい》に見《み》ていた色《いろ》とは反対《はんたい》の色《いろ》——『補色《ほしょく》』

補色《ほしょく》
混《ま》ぜると灰色《はいいろ》になるふたつの色《いろ》を、互《たが》いに補《ほ》色《しょく》であるという。たとえば、赤《あか》と緑《みどり》、オレンジと青《あお》、黄《き》と紫《むらさき》など。

となって現《あらわ》れるんだ。先《さき》に見《み》た色《いろ》が『緑《みどり》』だったとしたら、その反対《はんたい》の『赤《あか》』といった具合《ぐあい》にね」

「えっ、じゃあ、あの『血《ち》まみれの手《て》』は……」

「ポスターに描《か》かれた緑色《みどりいろ》の手《て》が、反対色《はんたいしょく》の赤《あか》となって現《あらわ》れた『残像《ざんぞう》』さ」

「じゃあ……見《み》たからって、死《し》ぬことはないんだよね？」

「もちろんさ。『残像《ざんぞう》』を見《み》て、死《し》んだ人《ひと》はいない」

「よかったぁ～！」

健太《けんた》はようやく胸《むね》をなでおろし、美希《みき》と一緒《いっしょ》にトイレの中《なか》へと入《はい》ってきた。

「すごい！　でも、どうやってわかったの？」

「最初《さいしょ》にこのトイレに入《はい》ったとき、ポスターを見《み》てピンときたよ。ぼくの推理《すいり》が正《ただ》しいことを証明《しょうめい》するためには、キミに実験台《じっけんだい》になってもらう必要《ひつよう》があったんだ」

緑色《みどりいろ》の手《て》

「そうだったのかぁ……」

人《ひと》のいい健太《けんた》は、にこにこしながらつぶやく。

「ねぇ、もしかして、『影《かげ》』がヒントって言《い》ったのは……」

言《い》いかけた美希《みき》に、真実《しんじつ》はうなずく。

「そう、『影《かげ》おくり』だよ。自分《じぶん》の影《かげ》を長《なが》いあいだ見《み》つめて、直後《ちょくご》に空《そら》を見《み》ると、空《そら》に白《しろ》い人影《ひとかげ》が見《み》えることがあるだろ？」

真実《しんじつ》の説明《せつめい》を聞《き》いて、「影《かげ》おくり」をやって遊《あそ》んだことを思《おも》い出《だ》す健太《けんた》。

「つまりは、目《め》の錯覚《さっかく》ってことなんだね？」

「ま、それだけ人間《にんげん》の目《め》はだまされやすいってことさ。たとえば女装《じょそう》したキミとぼくを、みんなが女《おんな》の子《こ》と錯覚《さっかく》してしまうようにね」

そう言《い》って真実《しんじつ》は、ロングの巻《ま》き毛《げ》をふわりとかきあげる。そのしぐさを見《み》て健太《けんた》は、中《なか》

赤色《あかいろ》の手《て》

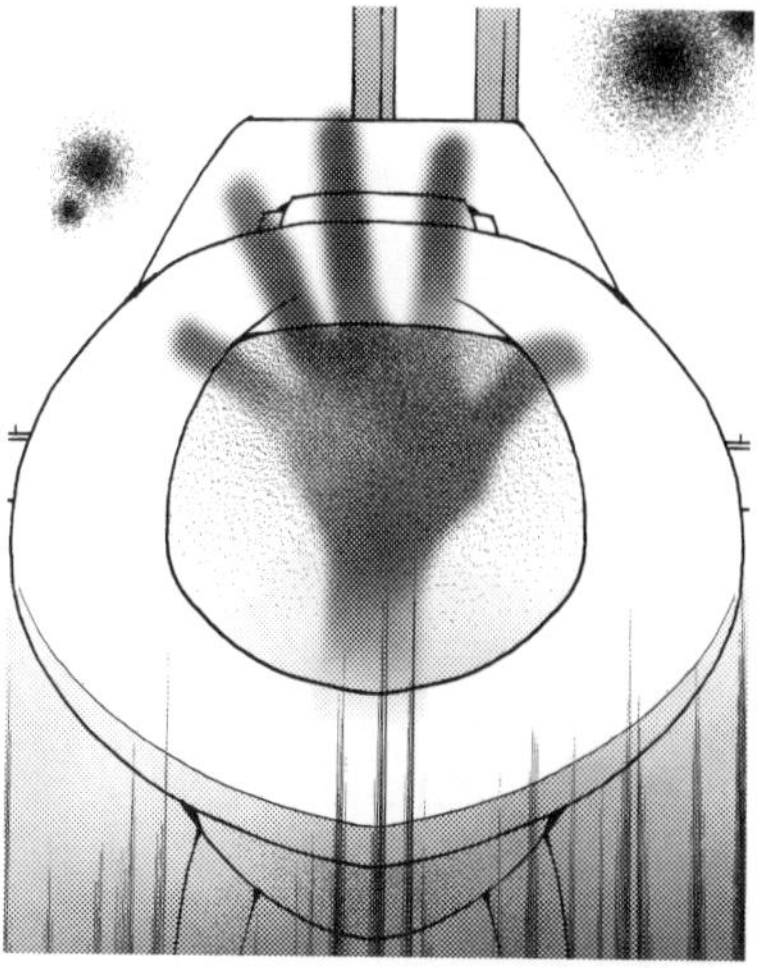

身《み》が真実《しんじつ》だとわかっていても、思《おも》わずドキドキしてしまった。

『うわさの真相《しんそう》を科学《かがく》で解明《かいめい》！〝血《ち》まみれの手《て》〟は残像効果《ざんぞうこうか》！』

そんな見出《みだ》しの記事《きじ》が掲載《けいさい》された「花森小新聞《はなもりしょうしんぶん》」の号外《ごうがい》が配《くば》られたのは、その日《ひ》の放課後《ほうかご》のことだった。

新聞《しんぶん》を見《み》て、あやとゆっこはホッと胸《むね》をなでおろし、笑顔《えがお》になる。カオ

ルが学校《がっこう》を休《やす》んでいたのは、水疱瘡《みずぼうそう》にかかっていたためだとわかり、ふたりはさらに安心《あんしん》した。

「ねえ、待《ま》って！」

その日《ひ》、帰《かえ》ろうとしていた真実《しんじつ》と健太《けんた》を、美希《みき》が呼《よ》びとめた。落《お》ち込《こ》んでいたクラスの女《おんな》の子《こ》たちも元気《げんき》になったと、ふたりに告《つ》げる美希《みき》。

「わたし、あなたたちに感謝《かんしゃ》するわ。……ありがとう」

「どういたしまして」

と、健太《けんた》は照《て》れながら答《こた》える。

「ぼくはただ、解《と》かれる運命《うんめい》にあったナゾを解《と》いたままでさ」

真実《しんじつ》は言《い》い、サラサラの髪《かみ》をかきあげた。

水疱瘡《みずぼうそう》
水疱瘡《みずぼうそう》は、学校感染《がっこうかんせん》症《しょう》（学校《がっこう》で予防《よぼう》すべきものとして指定《してい》された感染症《かんせんしょう》）のひとつ。水《みず》疱瘡《ぼうそう》の場合《ばあい》、発《ほっ》しんがすべてかさぶたになり、医師《いし》の許可《きょか》が出《で》るまで登校《とうこう》できない。

6

SCIENCE TRICK DATA FILE

科学《かがく》トリック データファイル

残像《ざんぞう》の不思議《ふしぎ》

電球《でんきゅう》の光《ひかり》をじっと見《み》たあとに壁《かべ》を見《み》ると、電球《でんきゅう》の形《かたち》の像《ぞう》が見《み》えたことはないですか？　このように、何《なに》かをじっと見《み》たあとで、目《め》をつぶったり、ほかの場所《ばしょ》を見《み》たりしたとき、さっきまで見《み》ていたものの像《ぞう》（残像《ざんぞう》）が現《あらわ》れることがあります。これを「残像効果《ざんぞうこうか》」といいます。

「パラパラマンガ」は、前《まえ》の絵《え》の残像《ざんぞう》が消《き》える前《まえ》に、次《つぎ》の絵《え》を見《み》ることで、絵《え》がつながって動《うご》いているように見《み》える。

また、事件編《じけんへん》で健太《けんた》が見《み》たように、同《おな》じ色《いろ》をじっと見《み》ていると、補色《ほしょく》（207ページの注《ちゅう》を見《み》よう）の残像《ざんぞう》が見《み》えることがあります。実《じつ》は、お医者《いしゃ》さんの手《しゅ》術着《じゅつぎ》の色《いろ》には、この残像《ざんぞう》が関係《かんけい》しています。お医者《いしゃ》さんは、手術中《しゅじゅつちゅう》、赤《あか》い血《ち》をずっと見《み》ています。もし手術着《しゅじゅつぎ》が白《しろ》いと、緑色《みどりいろ》の残像《ざんぞう》が現《あらわ》れて視界《しかい》がチラついてしまいます。そのため、手術着《しゅじゅつぎ》は白《しろ》でなく、残像《ざんぞう》が現《あらわ》れにくい緑《みどり》や青色《あおいろ》なのです。

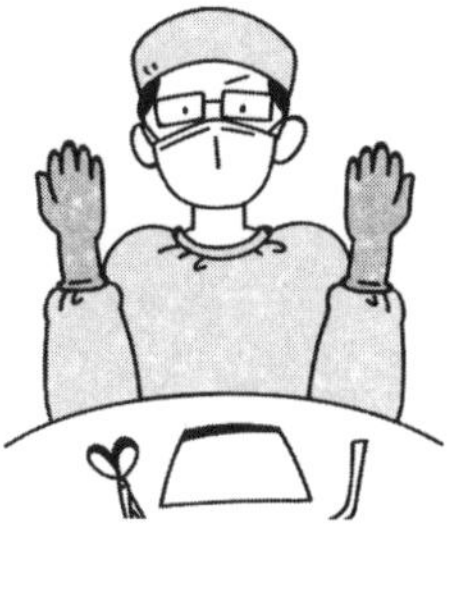

A.身近《みぢか》にも、残像効果《ざんぞうこうか》が利用《りよう》されているものがあるよ

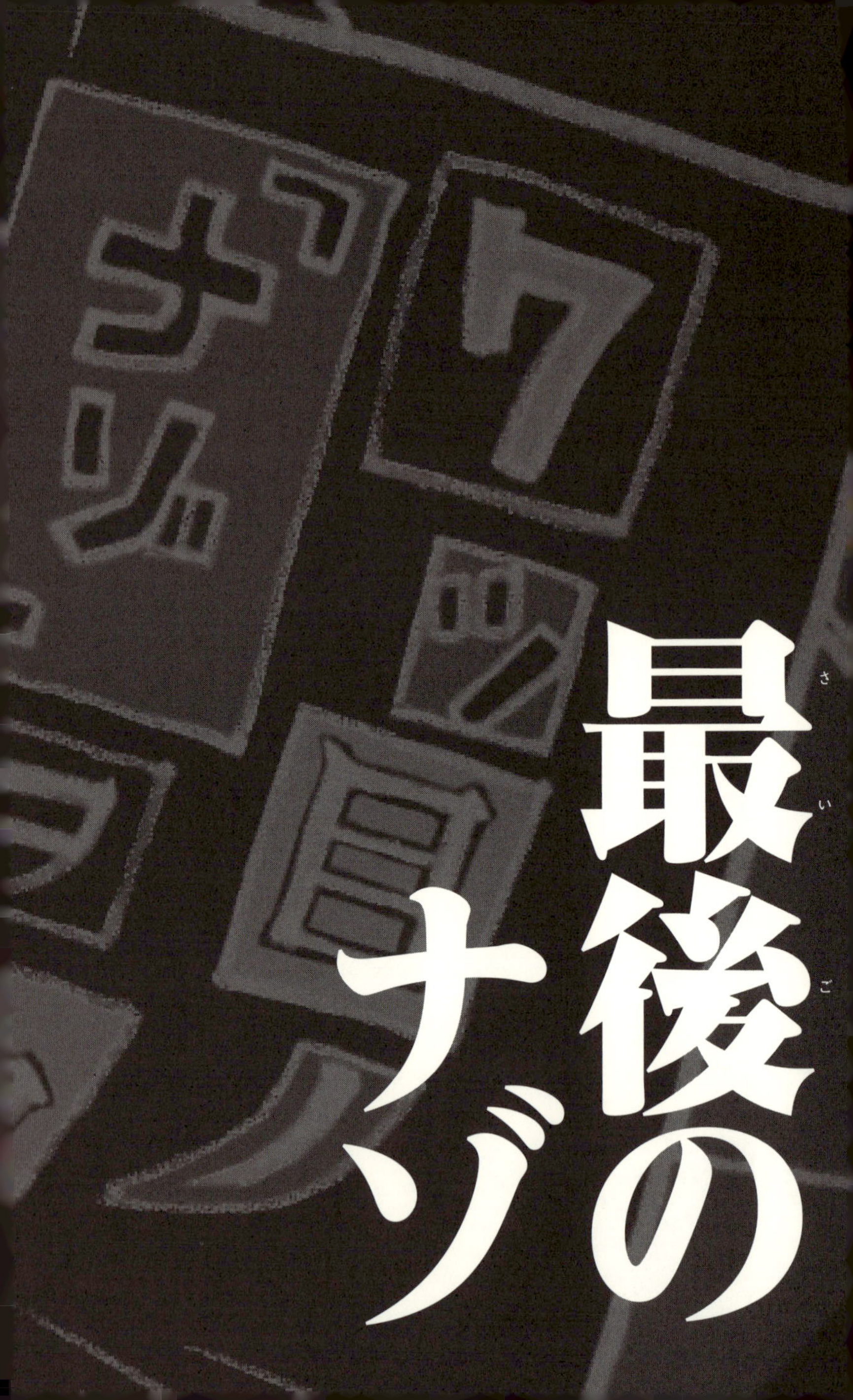

最《さい》後《ご》のナゾ

学校《がっこう》の七不思議《ななふしぎ》 7

事《じ》件《けん》編《へん》

「いよいよ最後《さいご》のナゾがわかるときがきたね」

朝《あさ》。学校《がっこう》へ向《む》かう道《みち》で、宮下健太《みやしたけんた》は先《さき》を歩《ある》く謎野真実《なぞのしんじつ》に追《お》いつき、息《いき》を切《き》らしながら話《はな》しかけた。

「学校《がっこう》の七不思議《ななふしぎ》」の七《なな》つめのナゾは、それがどんなものなのか誰《だれ》も知《し》らなかった。

しかしうわさでは、「七《なな》つめのナゾは、六《むっ》つのナゾをぜんぶ解《と》き明《あ》かした者《もの》だけが知《し》ることができる」と言《い》われているのだ。

「謎野《なぞの》くんはその条件《じょうけん》に当《あ》てはまってるよね。いったい、どうしたら知《し》ることができるんだろう?」

「さあ、それはぼくにも、わからないね」

やがてふたりは校舎《こうしゃ》の入《い》り口《ぐち》までやってきた。

真実《しんじつ》は下駄箱《げたばこ》の上履《うわば》きに手《て》をのばす。

すると、上履《うわば》きの上《うえ》に何《なに》かが置《お》かれていることに気《き》づいた。

「これは……?」

それは真《ま》っ白《しろ》な封筒《ふうとう》だった。

「も、もしかしてラブレター!?」

健太《けんた》は興奮《こうふん》して言《い》ったが、真実《しんじつ》は冷静《れいせい》に
「違《ちが》うようだね」

と答《こた》え、封筒《ふうとう》に入《はい》っていた便《びん》せんを健太《けんた》に見《み》せた。

7ツ目《め》ノ「ナゾ」ヲ知《し》リタケレバ、
夕方《ゆうがた》、「古《ふる》イプール」ヘ行《い》ケ。

「誰《だれ》かが、ぼくに七《なな》つめのナゾを教《おし》えようとしているようだね」

「古《ふる》いプールって、たしか……」

花森小学校《はなもりしょうがっこう》には、ずいぶん前《まえ》に建《た》てられた木造《もくぞう》の旧校《きゅうこう》舎《しゃ》がある。

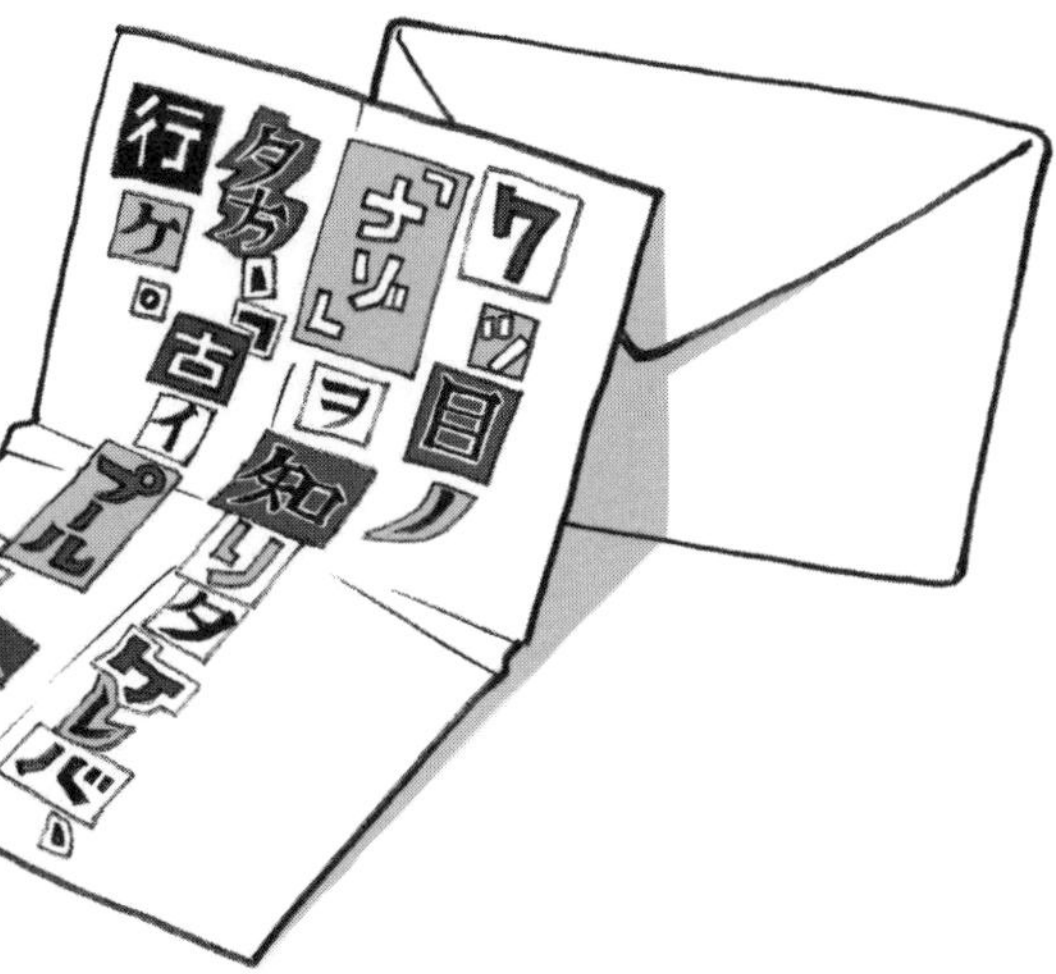
7ツ目ノ「ナゾ」ヲ知リタケレバ、
夕方、「古イプール」ヘ
行ケ。

そのそばに、新校舎《しんこうしゃ》ができた20年前《ねんまえ》まで使《つか》われていたプールがあった。

それをみんな、「古《ふる》いプール」と呼《よ》んでいるのだ。

「どうやらその古《ふる》いプールに、七《なな》つめのナゾがあるようだね」

「ついに、最後《さいご》のナゾがわかるんだね！」

「じゃあ、宮下健太《みやしたけんた》くん、とりあえずキミが見《み》にいってくれるかな？」

「ええ？　謎野《なぞの》くんは行《い》かないの？」

「ぼくは今日《きょう》の放課後《ほうかご》、浜田先生《はまだせんせい》に呼《よ》び出《だ》されているんだ。図書室《としょしつ》におすすめの本《ほん》を置《お》くコーナーをつくってほしいと言《い》われていて」

「謎野《なぞの》くん、本詳《ほんくわ》しいもんね」

「手紙《てがみ》が単《たん》なるイタズラの可能性《かのうせい》もある。まずは宮下《みやした》くんに任《まか》せるよ」

真実《しんじつ》は、「頼《たの》んだよ」と健太《けんた》に言《い》うと、その場《ば》を立《た》ち去《さ》った。

放課後《ほうかご》、授業《じゅぎょう》を終《お》えた健太《けんた》は、ひとりで古《ふる》いプールへと向《む》かった。

「まったく、謎野《なぞの》くんはホント、人使《ひとづか》いが荒《あら》いんだから」

健太《けんた》はボヤきながらも、手紙《てがみ》のことを考《かんが》えた。

「だけど、あの手紙《てがみ》を送《おく》ってきたのは誰《だれ》だったのかな？」

単《たん》なるイタズラとは思《おも》えない。

そもそも、どうして誰《だれ》も知《し》らない七《なな》つめのナゾを知《し》っているんだろう。

健太《けんた》は不思議《ふしぎ》に思《おも》いながらも、ひとまずプールへ行《い》くことにしたのだ。

一方《いっぽう》、そんな健太《けんた》を、ひとりの女《おんな》の子《こ》が校舎《こうしゃ》の物陰《ものかげ》から見《み》ていた。


「ひとりでこんなところを歩《ある》いているなんて……、あやしい」


青井美希《あおいみき》である。

旧校舎《きゅうこうしゃ》へと向《む》かう健太《けんた》の姿《すがた》を偶然目撃《ぐうぜんもくげき》したのだ。

「放課後《ほうかご》に誰《だれ》もいない旧校舎《きゅうこうしゃ》のほうに行《い》くなんて。これはスクープのにおいがするわ……」

美希《みき》はニヤリと笑《わら》うと、健太《けんた》を追《お》おうと駆《か》けだした。

すると、誰《だれ》かとぶつかった。

「きゃっ!」

「急《きゅう》に走《はし》ると危《あぶ》ないよ」

見《み》ると、そこには林村校長先生《はやしむらこうちょうせんせい》が立《た》っている。

「ご、ごめんなさい」

美希《みき》は頭《あたま》を下《さ》げて謝《あやま》ると、足早《あしばや》に健太《けんた》のあとを追《お》った。

そんな美希《みき》の姿《すがた》を校長先生《こうちょうせんせい》はじっと見《み》つめる。

その視線《しせん》の先《さき》に、夕暮《ゆうぐ》れに染《そ》まる旧校舎《きゅうこうしゃ》の建物《たてもの》が見《み》えていた。

健太《けんた》は、旧校舎《きゅうこうしゃ》のそばにある古《ふる》いプール

をながめていた。

20年前《ねんまえ》から使《つか》われておらず、雑草《ざっそう》が生《は》え、ボロボロになっているが、プールの中《なか》には水《みず》がなみなみと入《はい》っていた。

健太《けんた》は、額《ひたい》から流《なが》れる汗《あせ》を手《て》でぬぐう。

木々《きぎ》に囲《かこ》まれたプールは、すでにうす暗《ぐら》かったが、まだ気温《きおん》は高《たか》く蒸《む》し暑《あつ》かった。プールの水《みず》が蒸発《じょうはつ》しているのか、あたりにはもやもやした霧《きり》が立《た》ちこめている。

「こういう日《ひ》はプールにでも入《はい》って、涼《すず》しくなりたいけど……」

プールには水《みず》が溜《た》まっていたが、20年前《ねんまえ》から使《つか》われていないので、おそらく雨水《あまみず》が溜《た》まっているだけなのだろう。

「さすがに雨水《あまみず》に入《はい》るのは、イヤだな～」

健太《けんた》はそうつぶやきながら、七《なな》つめのナゾを探《さが》そうとまわりを見回《みまわ》した。

プールの水《みず》

学校《がっこう》のプールの水《みず》は、一年中《いちねんじゅう》張《は》られていることが多《おお》い。これは、プールの壁《かべ》が傷《いた》まないようにするためや、いざというとき、地域《ちいき》の防災用《ぼうさいよう》の水《みず》として活用《かつよう》するためだ。

そのとき――、

「きゃあああああ!!」


突然《とつぜん》、後方《こうほう》から悲鳴《ひめい》が響《ひび》いた。

見《み》ると、すぐうしろに美希《みき》が立《た》っている。

「うわっ、美希《みき》ちゃん！　どうしてここに!?」

「そんなことより、前《まえ》！　目《め》の前《まえ》のプールを見《み》て！」


「ええ？」

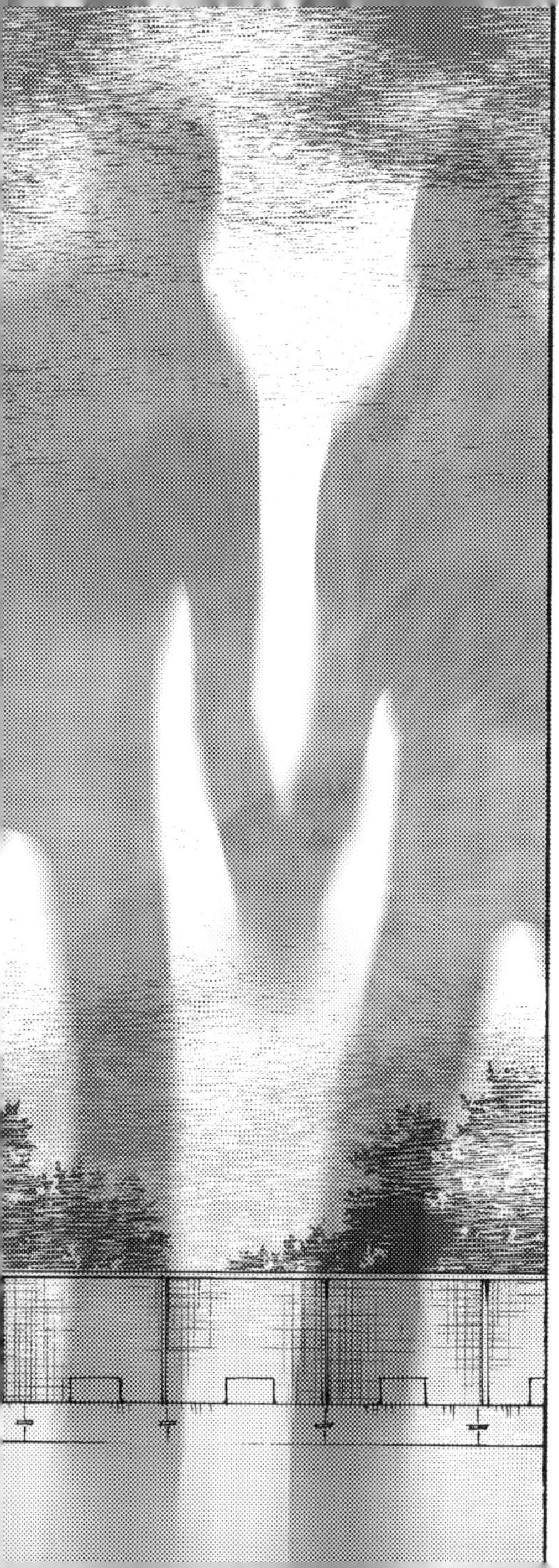

健《けん》太《た》は言《い》われるがままにプールのほうを見《み》た。
するとプールの上《うえ》に、黒《くろ》い巨人《きょじん》が立《た》っていた。
しかも、ふたり。

その体《からだ》はもくもくとしている。

「きょ、巨人《きょじん》だ！」

黒《くろ》い巨人《きょじん》は、健太《けんた》たちのほうへ手《て》をのばしていた。

「つ、捕《つか》まる！」

次《つぎ》の瞬間《しゅんかん》、

キャキャキャキャキャキャーッ！

と、甲高《かんだか》い笑《わら》い声《ごえ》が響《ひび》いた。

「うわあああ!!」

「きゃあああ!!」

あまりの怖《こわ》さに健太《けんた》は美希《みき》に思《おも》わずしがみつく。

「ちょっと、何《なに》するのよ！」

「ご、ごめん！」

健太《けんた》はあわてて離《はな》れると、もう一度《いちど》プールのほうを見《み》た。

「えっ？」

そこには何《なに》もなかった。

「さっきまで巨人《きょじん》がいたのに……」

「そんな……、どこに消《き》えたの？」

ふたりはプールを見《み》ながらぼう然《ぜん》とその場《ば》に立《た》ち尽《つ》くした。


翌朝《よくあさ》。

真実《しんじつ》が6年《ねん》2組《くみ》の教室《きょうしつ》にやってくると、健太《けんた》と美希《みき》が駆《か》け寄《よ》ってきて、興奮《こうふん》ぎみに昨日《きのう》の出来事《できごと》を話《はな》した。

ふたりは昨日《きのう》、あのあとすぐに図書室《としょしつ》に向《む》かい、真実《しんじつ》に話《はなし》をしようとした。しかし真実《しんじつ》はすでにおすすめの本《ほん》を置《お》くコーナーをつくり終《お》え、帰《かえ》ってしまったあとだったのだ。

「なるほど。どうやらそれが、七《なな》つめのナゾのようだね」

「あのねえ、巨人《きょじん》なんかホントにいると思《おも》ってるの？　誰《だれ》かのイタズラに決《き》まってるじゃない」

「美希《みき》ちゃんもあの巨人《きょじん》を見《み》たでしょ？　手《て》をのばしてぼくたちを捕《つか》まえようとしたじゃない」

健太《けんた》と美希《みき》は真実《しんじつ》が来《く》る前《まえ》から、巨人《きょじん》が本当《ほんとう》にいたかどうかで言《い》い合《あ》いをしていた。

だが、どれだけ話《はな》しても真相《しんそう》はまったくわからなかった。

「謎野《なぞの》くんはどう思《おも》う？」

ふたりは真実《しんじつ》ならもうナゾを解《と》き明《あ》かしているのではと思《おも》っていた。

「ひとつ確認《かくにん》なんだけど、巨人《きょじん》はどんな体《からだ》だったんだい？」

「どんな？　ええっと……」

「もくもくしてて真《ま》っ黒《くろ》だったわ！」

美希《みき》が発言《はつげん》した。

巨人《きょじん》
旧約聖書《きゅうやくせいしょ》の「ゴリアテ」、ギリシャ神話《しんわ》の「サイクロプス」など、世界中《せかいじゅう》に巨人《きょじん》の伝説《でんせつ》がある。日本《にほん》では「ダイダラボッチ」が有名《ゆうめい》で、山《やま》や湖《みずうみ》をつくったという話《はなし》が、各地《かくち》に残《のこ》っている。

「もくもくして真《ま》っ黒《くろ》か……」

真実《しんじつ》は口元《くちもと》に手《て》をあてながら、何《なに》かを考《かんが》えているようだ。

「あと、キャキャキャってという甲高《かんだか》い笑《わら》い声《ごえ》が聞《き》こえたわ」

「うん、聞《き》こえた！」

「甲高《かんだか》い笑《わら》い声《ごえ》……」

真実《しんじつ》は「昼休《ひるやす》みに現場《げんば》を調《しら》べてみよう」と言《い》った。


昼休《ひるやす》み。

真実《しんじつ》は健太《けんた》と美希《みき》を連《つ》れ、古《ふる》いプールへとやってきた。

旧校舎《きゅうこうしゃ》のあたりにはまったく人気《ひとけ》がない。

今日《きょう》も蒸《む》し暑《あつ》く、健太《けんた》は額《ひたい》ににじむ汗《あせ》を手《て》でぬぐっていた。

「じゃあまずは、昨日《きのう》いた場所《ばしょ》に立《た》ってくれるかな」

真実《しんじつ》に指示《しじ》され、健太《けんた》と美希《みき》はそれぞれ移動《いどう》した。

健太《けんた》はプールの前《まえ》。

美希《みき》はそのすぐうしろだ。

「プールにいたとき、最初《さいしょ》から巨人《きょじん》の姿《すがた》は見《み》えてたかい？」

「ううん、日《ひ》が落《お》ちてうす暗《ぐら》かったけど、最初《さいしょ》は巨人《きょじん》なんかいなかったよ」

「そうね！　健太《けんた》くんをうしろから見張《みは》っててプールも見《み》えてたけど、巨人《きょじん》はいなかったわ」

「なるほど……」

「あっ！」

ふと、美希《みき》が声《こえ》をあげた。

「どうしたんだい、青井美希《あおいみき》さん？」

「ライト！　途中《とちゅう》でなぜか急《きゅう》に、うしろからライトに照《て》らされたの」

「ライト？」

健太《けんた》が首《くび》をかしげた。

うしろを見《み》てみるが、フェンスがあり、その向《む》こうに一直線《いっちょくせん》に延《の》びた道路《どうろ》があるだけで、どこにもライトなどなさそうだった。

「ライトなんて、いったいどこにあるの？」

「そんなのわたしがわかるわけないでしょ。だけど、巨人《きょじん》が現《あらわ》れたのは、ライトに照《て》らされたすぐあとだったわ」

「すぐあと、か……」

真実《しんじつ》はフェンスの向《む》こうの道路《どうろ》をじっと見《み》つめていた。

「でも、巨人《きょじん》はすぐ消《き》えたんだよ。現《あらわ》れたり、消《き》えたりするってことは、巨人《きょじん》は瞬間移動《しゅんかんいどう》ができるのかな？」

「なに言《い》ってんのよ。そんなことできるわけないでしょ」

ふたりの言《い》い争《あらそ》いをよそに、真実《しんじつ》はプールを見《み》ていた。

「この水《みず》は……、ただの水《みず》か……」

真実《しんじつ》は口元《くちもと》に手《て》をあてながら、プールに溜《た》まっている水《みず》を確認《かくにん》する。

「もしかして、暑《あつ》いから謎野《なぞの》くんもプールに入《はい》りたいの？　だけどこの水《みず》はたぶん『雨水《あまみず》』だから、入《はい》らないほうがいいよ」

健太《けんた》がそう注意《ちゅうい》した。

すると、美希《みき》が「雨水《あまみず》？」と首《くび》をかしげた。

「そのプールの水《みず》、雨水《あまみず》じゃないわよ」

「どういうこと？」

「むかし、新聞《しんぶん》の記事《きじ》にしようと思《おも》って調《しら》べたことがあるの。古《ふる》いプールに溜《た》まってる水《みず》は、雨水《あまみず》じゃなくて、『湧《わ》き水《みず》』よ」

花森小学校《はなもりしょうがっこう》では、もともと湧《わ》き水《みず》を利用《りよう》してプールに水《みず》を溜《た》めていた。しかし、水《みず》が冷《つめ》たく、水質《すいしつ》にも問題《もんだい》があり、新《あたら》しい校舎《こうしゃ》を建《た》てるときに、プールも新《あたら》しいものにしたのだという。

「今《いま》でもその湧《わ》き水《みず》がプールの中《なか》にもれ出《だ》していて、いつのまにか水《みず》が溜《た》まっちゃうみたいね。だから、水《みず》が澄《す》んでいて、ヒンヤリしてるのよ」

「へえ、そうだったんだ〜」

健太《けんた》が感心《かんしん》していると、真実《しんじつ》が一歩前《いっぽまえ》に出《で》た。

「なるほど、水《みず》と空気《くうき》の温度差《おんどさ》。そして、背後《はいご》からのライト……」

真実《しんじつ》は人《ひと》さし指《ゆび》で眼鏡《めがね》をクイッとあげると、ふたりを見《み》た。

「巨人《きょじん》のナゾはすべて解《と》けたよ」

「ええ〜っ？」

「今日《きょう》の夕方《ゆうがた》、キミたちに巨人《きょじん》の正体《しょうたい》を見《み》せてあげるよ」

「えええ〜っ？」

黒《くろ》い巨人《きょじん》の正体《しょうたい》はいったいなんだろう？

解決編《かいけつへん》

放課後《ほうかご》。

健太《けんた》と美希《みき》はプールの前《まえ》にやってきた。

あたりはもうすっかり暗《くら》くなっている。

「謎野《なぞの》くん、今《いま》から巨人《きょじん》のナゾを解《と》き明《あ》かすって言《い》ってたけど」

「そんなことホントにできるのかしら？」

すると、向《む》こうから真実《しんじつ》が歩《ある》いてきた。

「謎野《なぞの》くん、どこに行《い》ってたの？」

「ちょっと職員室《しょくいんしつ》にね」

「職員室《しょくいんしつ》？」

真実《しんじつ》はふたりのとなりに立《た》つと、じっとプールを見《み》つめた。

「あのときキミたちが見《み》た黒《くろ》い巨人《きょじん》は、幻《まぼろし》でも、見間違《みまちが》いでもなかった」

「じゃあ、やっぱり巨人《きょじん》はいるの!?」

「まさか！　ありえないわ！」

健太《けんた》と美希《みき》は思《おも》わず大声《おおごえ》を出《だ》す。

真実《しんじつ》は、そんな健太《けんた》と美希《みき》をよそに、チラリとうしろを向《む》いた。

フェンスの向《む》こうに道路《どうろ》が見《み》えている。

「あと10秒《びょう》ぐらいかな」

「何《なに》が?」

「巨人《きょじん》が現《あらわ》れるのがだよ」

「ええ??」

健太《けんた》と美希《みき》は驚《おどろ》きながらも、プールを見《み》つめた。

「あと5秒《びょう》……、4秒《びょう》、3秒《びょう》、2秒《びょう》、1秒《びょう》……」

真実《しんじつ》も健太《けんた》たちと同《おな》じように、顔《かお》をプールのほうへ向《む》けた。

瞬間《しゅんかん》——、
プールに、巨人《きょじん》が現《あらわ》れた。


「出《で》たぁ!」

健太《けんた》が叫《さけ》ぶ。

「だ、誰《だれ》のイタズラなの！　しかも今度《こんど》は3人《にん》も！」

美希《みき》はあちこち探《さが》すが、誰《だれ》もいない。

だが、あることに気《き》づいた。

「ねえ、わたしたち、いつのまにかライトに照《て》らされてるんだけど」

「えっ？」

健太《けんた》が振《ふ》り返《かえ》ると、フェンスの向《む》こうの道路《どうろ》に、1台《だい》の車《くるま》が止《と》まっている。

車《くるま》はライトをつけていて、その光《ひかり》が体《からだ》に当《あ》たっていたのだ。

「さっき職員室《しょくいんしつ》に行《い》って、大前先生《おおまえせんせい》に、あの一直線《いっちょくせん》の道路《どうろ》を車《くるま》で走《はし》ってもらうよう頼《たの》んだんだ」

「じゃあ、あの車《くるま》に大前先生《おおまえせんせい》が乗《の》ってるってこと？　だけど、どうしてそんなこと頼《たの》んだの？」

「もちろん、巨人《きょじん》をつくるためさ。巨人《きょじん》の正体《しょうたい》は光《ひかり》に照《て》らされたぼくたち

自動車《じどうしゃ》のライト
自動車《じどうしゃ》のヘッドライトは、「ロービーム」と「ハイビーム」の2種類《しゅるい》の設定《せってい》がある。ロービームはやや下向《したむ》きで、前方《ぜんぽう》40メートル、ハイビームは前方《ぜんぽう》100メートルを照《て》らすことができる。

の影《かげ》なんだ。これは『ブロッケン現象《げんしょう》』という大気光学現象《たいきこうがくげんしょう》の一種《いっしゅ》だ」

「ブロッケン現象《げんしょう》？」

「物体《ぶったい》の背後《はいご》から太陽《たいよう》の光《ひかり》などが差《さ》し込《こ》むと、影《かげ》が前方《ぜんぽう》の霧《きり》や雲《くも》に投影《とうえい》されて、まるで手《て》をこちらに向《む》かってのばしているような黒《くろ》い巨人《きょじん》が見《み》えることがあるんだ」

「そうか！　昨日《きのう》見《み》た巨人《きょじん》も、ぼくと美希《みき》ちゃんが、たまたま道路《どうろ》を走《はし》っていた車《くるま》のライトに照《て》らさ

れただけだったんだね！」

「正解《せいかい》。だけどそれだけじゃ、どうしてブロッケン現象《げんしょう》が発《はっ》生《せい》するのかわからなかった。ブロッケン現象《げんしょう》は霧《きり》とか雲《くも》に投《とう》影《えい》される。霧《きり》というのは気温《きおん》が低《ひく》くないとできないのに、昨日《きのう》も今日《きょう》も暑《あつ》いぐらいに気温《きおん》が高《たか》かったからね」

「じゃあ、どうしてプールの上《うえ》に巨人《きょじん》が現《あらわ》れたのよ？」

「その答《こた》えは、青井《あおい》さんが教《おし》えてくれたんだよ」

「わたしが？」

「さっき、プールの水《みず》が『湧《わ》き水《みず》』だと言《い》っただろう？　湧《わ》き水《みず》というのは、地下《ちか》から湧《わ》き上《あ》がる水《みず》で、とても冷《つめ》たい。だからそんな湧《わ》き水《みず》が溜《た》まっているプールは、水《みず》のすぐ上《うえ》にある空気《くうき》が湧《わ》き水《みず》で冷《ひ》やされ、空気中《くうきちゅう》の水蒸気《すいじょうき》が水滴《すいてき》に戻《もど》る。それが霧《きり》になったんだ」

それを聞《き》き、健太《けんた》と美希《みき》は思《おも》わずプールの上《うえ》の巨人《きょじん》を見《み》る。

「だけど声《こえ》は？　あの甲高《かんだか》い笑《わら》い声《ごえ》はなんだったの？」

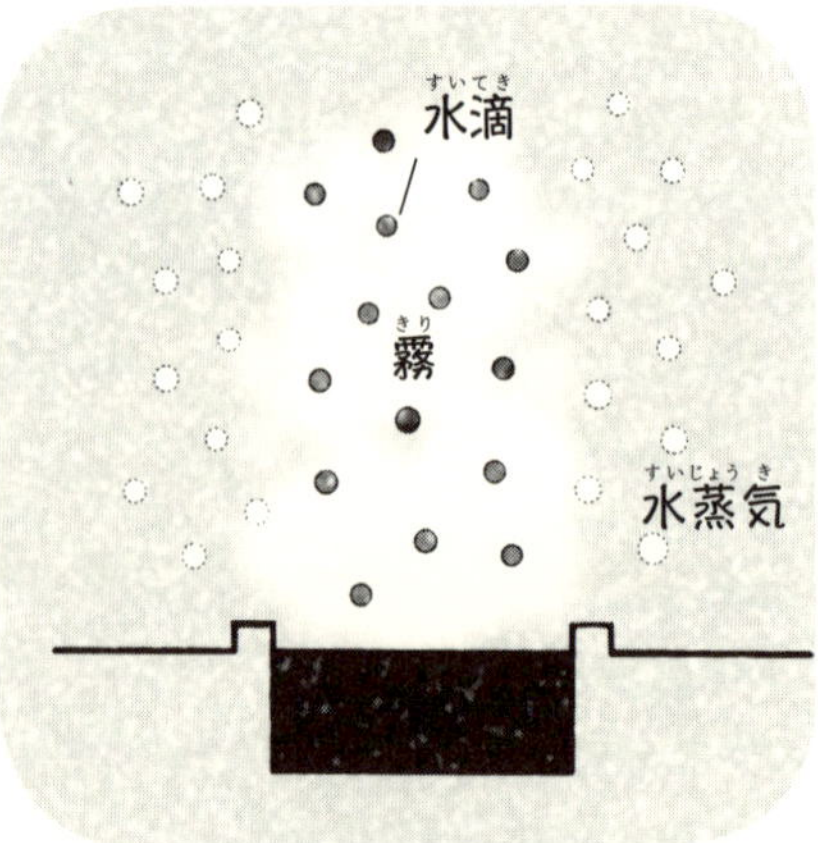

美希《みき》がたずねると、真実《しんじつ》は「それはね」とフェンスの向《む》こうの道路《どうろ》を見《み》て、手《て》をあげて大《おお》前先生《まえせんせい》に合図《あいず》を送《おく》った。

次《つぎ》の瞬間《しゅんかん》、車《くるま》が走《はし》り出《だ》す。

車《くるま》はそのままこちらに向《む》かってまっすぐ走《はし》ってくると、急《きゅう》に角《かど》を曲《ま》がった。

キャキャキャキャキャキャーッ！

甲高《かんだか》い笑《わら》い声《ごえ》が響《ひび》いた。

「こ、これって！」

「もしかして、車《くるま》のタイヤの音《おと》？」

健太《けんた》たちの言葉《ことば》に、真実《しんじつ》はうなずく。

「昨日《きのう》も、今《いま》と同《おな》じように、ライトをつけていた車《くるま》が角《かど》を曲《ま》がった。だから、笑《わら》い声《ごえ》が聞《き》こえたあと、巨人《きょじん》が消《き》えてしまったんだ。車《くるま》が走《はし》っていったせいで、キミたちの体《からだ》にライトが当《あ》たらなくなったからね」

「そうか、そうだったのか！　すごいよ、謎野《なぞの》くん！」

健太《けんた》は満面《まんめん》の笑《え》みを浮《う》かべて、真実《しんじつ》の手《て》を握《にぎ》った。

パチパチパチパチ

うす暗《ぐら》い木《き》の陰《かげ》から、誰《だれ》かが拍手《はくしゅ》をしながら真実《しんじつ》たちのほうへと歩《ある》いてきた。

「いやあ、最後《さいご》のナゾも解《と》いてしまうとは、謎野《なぞの》くんはすごいねぇ」

それは、校長先生《こうちょうせんせい》だった。

「校長先生《こうちょうせんせい》、なぜここに？」

「なぜって、謎野《なぞの》くんの上履《うわば》きの上《うえ》に手紙《てがみ》を置《お》いたのは、このわたしなんだよ」

「ええ？　そうだったの!?」

健太《けんた》が大《おお》きな声《こえ》をあげる。

「もしかしてぼくを試《ため》したんですか？」

校長先生《こうちょうせんせい》はコクリとうなずく。

「今回《こんかい》、手紙《てがみ》を置《お》いたのは、謎野《なぞの》くんが六《むっ》つのナゾを解《と》いたと知《し》って、七《なな》つめのナゾも解《と》けるかどうか試《ため》したかったからなんだよ。あなたに探偵《たんてい》としての才能《さいのう》が本当《ほんとう》にあるのかどうか知《し》りたくてねぇ」

校長先生《こうちょうせんせい》はそう言《い》って、真実《しんじつ》に1通《つう》の手紙《てがみ》を差《さ》し出《だ》した。

「あなたのお父《とう》さんからだ。彼《かれ》はわたしの教《おし》え子《ご》でねぇ。もしあなたが学校《がっこう》の七《なな》不《ふ》思《し》議《ぎ》を全部《ぜんぶ》解《と》けたら渡《わた》してほしいと頼《たの》まれていたんだよ」

それを聞《き》き、真実《しんじつ》は目《め》を大《おお》きく見開《みひら》く。

「ついにたどり着《つ》いた……。父《とう》さんの手《て》がかりに」

真実《しんじつ》は封筒《ふうとう》を受《う》け取《と》ると、それをじっと見《み》つめた。

「謎野《なぞの》くん、どういうこと？」

「以前《いぜん》、キミはなぜぼくがこの学校《がっこう》に転校《てんこう》してきたのか聞《き》いたよね？　理由《りゆう》は父《ちち》なんだ。ぼくは、行方不明《ゆくえふめい》になった父《ちち》の手《て》がかりを探《さが》すために、この学校《がっこう》に転校《てんこう》してきたんだ」

「えええ？」

「父《ちち》はホームズ学園《がくえん》の科学教師《かがくきょうし》だった。父《ちち》はある島《しま》で起《お》こった事件《じけん》のナゾを追《お》っていた。その島《しま》では、住人全員《じゅうにんぜんいん》が、ある日突然《ひとつぜん》、一夜《いちや》にして姿《すがた》を消《け》してしまったんだ。父《ちち》は真相《しんそう》を探《さぐ》るため島《しま》に向《む》かい、それっきり行方不明《ゆくえふめい》になってしまった――」

「そんな……」

「いったい何《なに》が起《お》こったの……？」

「詳《くわ》しいことは何《なに》もわかっていない。だけど、父《ちち》は島《しま》に渡《わた》る数日前《すうじつまえ》、ぼくのパソコンにメールを送《おく》ってきたんだ。メールには『もし、1か月経《げつた》ってもわたしが島《しま》から帰《かえ》らなければ、花森小学校《はなもりしょうがっこう》へ行《い》きなさい』と書《か》かれていたよ」

「じゃあ、その封筒《ふうとう》の中《なか》に手《て》がかりが……」

「ああ。父《ちち》が消《き》えたナゾに一歩近《いっぽちか》づくことができた」

真実《しんじつ》は封筒《ふうとう》を開《あ》け、中身《なかみ》を確認《かくにん》した。

すると、1枚《まい》の写真《しゃしん》が入《はい》っていた。

写真《しゃしん》は、夜《よる》、どこか外《そと》で撮《と》られたものだった。

空《そら》にはきれいな星《ほし》がいくつも見《み》えていて、満開《まんかい》の桜《さくら》の木《き》の前《まえ》に、ひとりの男《おとこ》の人《ひと》が立《た》っていた。


「父《とう》さん……」


彼《かれ》こそが、行方不明《ゆくえふめい》になった真実《しんじつ》の父《ちち》・謎野快明《なぞのかいめい》だった。

「どうして、謎野《なぞの》くんのお父《とう》さんはこんな写真《しゃしん》を？」

「それは、わからない。だけど、こ

の写真《しゃしん》はきっと父《ちち》が消《き》えたナゾにつながっているはずだ」

真実《しんじつ》の写真《しゃしん》を持《も》つ手《て》に、自然《しぜん》と力《ちから》が入《はい》る。

「ぼくは必《かなら》ず、この写真《しゃしん》のナゾも解《と》き明《あ》かしてみせる！」

「謎野《なぞの》くん……」

そんな真実《しんじつ》に健太《けんた》が歩《あゆ》み寄《よ》った。

「ぼくも協力《きょうりょく》する！　ひとりよりふたりのほうがいいでしょ！」

「宮下《みやした》くん……」

真実《しんじつ》はその申《もう》し出《で》にとまどうが、健太《けんた》は気《き》にせず彼《かれ》の手《て》を握《にぎ》った。

「ぼくのことは健太《けんた》でいいよ！　ぼくも真実《しんじつ》くんって呼《よ》ぶね！」

「あの……」

「うん、何《なに》？　真実《しんじつ》くん！」

「この手《て》……、そろそろ離《はな》してもらえるかな？」

「あ、ごめん！」

健太《けんた》は苦笑《にがわら》いを浮《う》かべると、あわてて手《て》を離《はな》した。

「まったく……、キミみたいな人《ひと》、ホームズ学園《がくえん》では会《あ》ったことがない……」

その姿《すがた》を美希《みき》がじっと見《み》ていた。

「なんだか、妙《みょう》に仲《なか》がいいわね、あなたたち」

「えっ、なに言《い》ってるの？」

あわてる健太《けんた》を見《み》て、美希《みき》はクスクスと笑《わら》った。

写真《しゃしん》には、いったいどういう意味《いみ》があるのだろう？

そして、真実《しんじつ》の父《ちち》と島《しま》の人《ひと》たちが消《き》えたナゾの真相《しんそう》は？

真実《しんじつ》と健太《けんた》なら、そのナゾを解《と》き明《あ》かすことができるかもしれない。

（つづく）

7

SCIENCE TRICK DATA FILE

科学《かがく》トリック データファイル

ブロッケンの妖怪《ようかい》

高《たか》い山《やま》の頂《いただき》などで、自分《じぶん》の前方《ぜんぽう》に、光《ひかり》の輪《わ》に包《つつ》まれた大《おお》きな影《かげ》が現《あらわ》れることがあります。この現象《げんしょう》は、「ブロッケンの妖怪《ようかい》」や「ブロッケン現象《げんしょう》」と呼《よ》ばれています。

これは、霧《きり》がかかっているときに、真《ま》うしろから太陽《たいよう》の光《ひかり》が差《さ》し込《こ》むときに

山《やま》の頂《いただき》で見《み》えるブロッケン現象《げんしょう》。日本《にほん》では、後光《ごこう》がさした仏様《ほとけさま》が現《あらわ》れたとして、「ご来迎《らいごう》」と呼《よ》ばれることもある

起《お》こる現象《げんしょう》で、ドイツのブロッケン山《やま》でよく見《み》られることから、その名《な》がつきました。

また、飛行機《ひこうき》から下《した》を見《み》たときに、丸《まる》い虹《にじ》の中《なか》に飛行機《ひこうき》の影《かげ》が見《み》えることもあります。これもブロッケン現象《げんしょう》の一種《いっしゅ》です。

日本《にほん》では、福島県《ふくしまけん》の只見町《ただみまち》が、平地《へいち》でブロッケン現象《げんしょう》が見《み》られるスポットとして有名《ゆうめい》です。

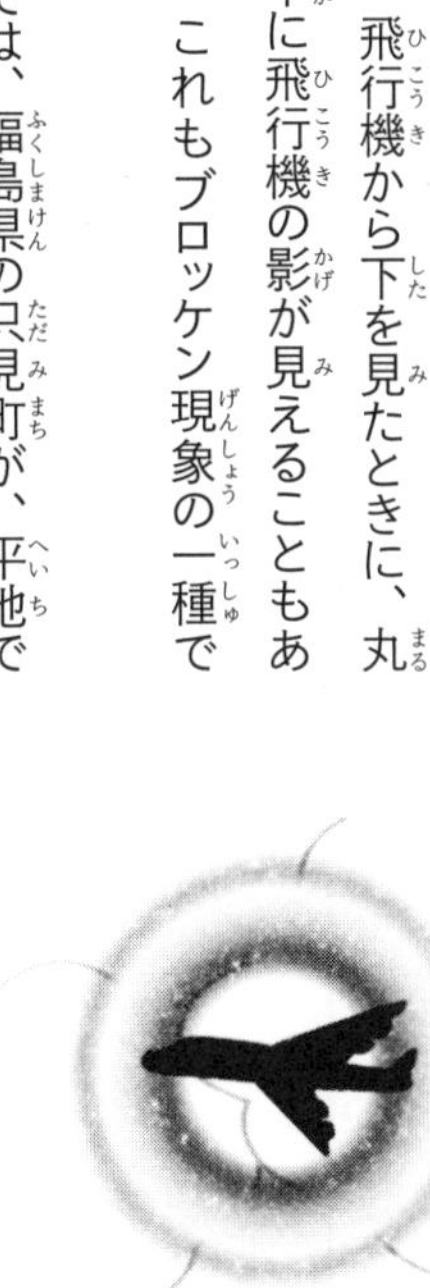

丸《まる》い虹《にじ》の中《なか》に
飛行機《ひこうき》の影《かげ》が見《み》える
ブロッケン現象《げんしょう》

号《ごう》外《がい》

花《はな》森《もり》小《しょう》新《しん》聞《ぶん》

衝撃《しょうげき》!! ナゾの転《てん》校《こう》生《せい》がついに!! 七《なな》不《ふ》思《し》議《ぎ》を解《かい》明《めい》!!

ナゾを解《と》いたのは、ホームズ学園《がくえん》からの転校生《てんこうせい》・謎野真実《なぞのしんじつ》くん。はたして彼《かれ》は何者《なにもの》なのか？　本紙記者《ほんしきしゃ》が徹底取材《てっていしゅざい》した。

科学《かがく》で解《と》けないナゾはない！

謎野《なぞの》くんは、超《ちょう》エリート探偵学校《たんていがっこう》・ホームズ学園《がくえん》からの転校生《てんこう せい》。「科学《かがく》で解《と》けないナゾはない！」の言葉《ことば》どおり、「歩《ある》く人体模型《じんたいもけい》」を皮切《かわき》りに次々《つぎつぎ》と七不思議《ななふしぎ》に挑戦《ちょうせん》。ついに隠《かく》された七《なな》つめのナゾをも解《と》き明《あ》かし、七《なな》不思議《ふしぎ》すべての真相《しんそう》を明《あき》らかにしたのだ。

謎野真実《なぞのしんじつ》とは何者《なにもの》？

ベールに包《つつ》まれた謎野《なぞの》くんの私生活《しせいかつ》に迫《せま》ろうと、記者《きしゃ》は謎野《なぞの》くんに独占《どくせん》インタビューを試《こころ》みた。しかし謎野《なぞの》くんはノーコメント。記《き》者《しゃ》の制止《せいし》を振《ふ》り切《き》り、その場《ば》を足早《あしばや》に立《た》ち去《さ》った。はたして彼《かれ》は何者《なにもの》なのか？　記者《きしゃ》は必《かなら》ずや謎野《なぞの》くんの真実《しんじつ》に迫《せま》ることを読者《どくしゃ》にお約束《やくそく》する！　続報《ぞくほう》を待《ま》て！

花森小学校《はなもりしょうがっこう》
新聞部発行《しんぶんぶはっこう》

責任編集《せきにんへんしゅう》：
青井美希《あおいみき》

新入部員募集《しんにゅうぶいんぼしゅう》！
来《き》たれ！ 新聞部《しんぶんぶ》へ

スクープ!! 合唱大会《がっしょうたいかい》で杉田《すぎた》くん号泣《ごうきゅう》!!

このほど行《おこな》われた校内合唱大会《こうないがっしょうたいかい》、優勝《ゆうしょう》は6年《ねん》2組《くみ》だった。ピアノの音色《ねいろ》と歌声《うたごえ》が一体《いったい》となったすばらしい合唱《がっしょう》に、会場《かいじょう》は大歓声《だいかんせい》に包《つつ》まれた。優勝《ゆうしょう》の瞬間《しゅんかん》、喜《よろこ》びに泣《な》きくずれる指揮《しき》の杉田《すぎた》くんだったが、クラスメートの宮下《みやした》くんに支《ささ》えられ、優勝《ゆうしょう》トロフィーを受《う》け取《と》った。

予告《よこく》!! 修学旅行《しゅうがくりょこう》せまる！

まもなく6年生《ねんせい》が修学旅行《しゅうがくりょこう》に出発《しゅっぱつ》。かつて、魔都《まと》と呼《よ》ばれた京都《きょうと》で、何《なに》が起《お》こるのか？ 本紙記者《ほんしきしゃ》が同行取材《どうこうしゅざい》する！

著者紹介

佐東みどり

脚本家・作家。アニメ「サザエさん」「ハローキティとあそぼう！まなぼう！」などを担当。小説に「恐怖コレクター」シリーズ、「謎新聞ミライタイムズ」シリーズなどがある。

（執筆：1章、7章）

石川北二

監督・脚本家。脚本家として、映画「かずら」（共同脚本）、映画「燐寸少女 マッチショウジョ」などを担当。監督としての代表作に、映画「ラブ★コン」などがある。

（執筆：2章、5章、原案：4章、7章）

木滝りま

脚本家・作家。脚本家として、ドラマ「念力家族」「ほんとにあった怖い話」、アニメ「スイートプリキュア♪」など。代表作に、『世にも奇妙な物語 ドラマノベライズ 恐怖のはじまり編』がある。

（執筆：4章、6章、原案：3章）

田中智章

監督・脚本家。脚本家として、アニメ「ドラえもん」、映画「シャニダールの花」などを担当。監督としての代表作に、映画「放課後ノート」「花になる」などがある。

（執筆：3章）

挿画

木々（KIKI）

マンガ家・イラストレーター。代表作に、「バリエガーデン」シリーズ、「ラヴ ミー テンダー」シリーズなどがある。

公式サイト：http://www.kikihouse.com/

ブックデザイン
アートディレクション

辻中浩一
＋
吉田帆波（ウフ）

監修　金子丈夫（筑波大学附属中学校元副校長）
編集デスク　橋田真琴、大宮耕一
編集　河西久実
校閲　朝日新聞総合サービス（宅美公美子、船橋史、西海紀子）

学校マップ　渡辺みやこ
本文図版　細雪純
コラム図版　佐藤まなか
ブックデザイン / アートディレクション　辻中浩一＋吉田帆波（ウフ）

おもな参考文献
『新編 新しい理科』3～6（東京書籍）／『キッズペディア 科学館』日本科学未来館、筑波大学附属小学校理科部監修（小学館）／『週刊かがくる 改訂版』1～50号（朝日新聞出版）／『週刊かがくるプラス 改訂版』1～50号（朝日新聞出版）／「ののちゃんのDO科学」朝日新聞社（https://www.asahi.com/shimbun/nie/tamate/）

科学探偵《かがくたんてい》 謎野真実《なぞのしんじつ》シリーズ1

科学探偵《かがくたんてい》 VS.《ブイエス》 学校《がっこう》の七不思議《ななふしぎ》

2017年12月30日　第1刷発行
2024年 5 月10日　第16刷発行

著　者　作：佐東みどり　石川北二　木滝りま　田中智章　　絵：木々
発行者　片桐圭子
発行所　朝日新聞出版
〒104-8011
東京都中央区築地5-3-2
編集　生活・文化編集部
電話　03-5541-8833（編集）
03-5540-7793（販売）

印刷所・製本所　大日本印刷株式会社
ISBN978-4-02-331638-6
定価はカバーに表示してあります